鬼束くんと神様のケーキ

御守いちる Ichiru Mimori

アルファポリス文庫

https://www.alphapolis.co.jp/

目次

第一話　はじまりのアップルパイ　5
第二話　シュークリームはどこへ消えた？　85
第三話　夏に降る雪と桃のパンナコッタ　128
第四話　休日の買い物とチョコレートモンブラン　172
第五話　大切な人におくるショートケーキ　214
エピローグ　270

第一話　はじまりのアップルパイ

綾辻桜花《あやつじおうか》は緊張した表情で、趣《おもむき》のある蕎麦屋《そばや》の正面に立っていた。

彼女はつい先日、大学に入学したばかり、ピカピカの一年生だ。

これから夢と希望にあふれためくるめくキャンパスライフが始まる予定だったが、彼女を取り巻く現実は厳しい。

この店が、そんな桜花にとっての最後の命綱だ。

覚悟を決め、呼び鈴を押してみる。

きちんと鳴ったのだろうか。いくら待てども、返事はない。

(どうしたのでしょう、面接の時間は確かに合っているはずですが)

そう考えながら、桜花はもう一度スケジュール帳に書かれた場所と時間を読み返す。

五月十五日、午後四時から、神依代町《かみよりしろ》の駅から徒歩五分の蕎麦屋。間違いない。

一週間前に面接の電話をしたときにきちんと約束したはずだが、やはり反応はない。

（もしかしたら急用ができたのでしょうか。あまり何回も呼び鈴を押すと、失礼かもしれません）

桜花が店の正面で困惑していると、後ろから男性の声がした。

「あの、失礼ですがそちらのお嬢さん」

「はい、私ですか？」

振りむいた桜花は、男性の姿を見た瞬間、呆気《あっけ》に取られてしまった。

「執事さん……ですか？」

失礼かもしれないと思いつつ、そう言うしかなかった。

目の前に立っていた男性は、漫画やドラマでしか見たことのないような、燕尾服姿だった。

それに、とても端整な顔立ちをしている。

かっこいいよりは、綺麗《きれい》といった方がふさわしい気がした。まるで西洋の人形のように白い肌に、切れ長の目、艶やかな漆黒の髪。

彼はにこりと品よく微笑《ほほえ》み、礼儀正しく、まるでお手本のようなお辞儀《じぎ》をした。

「初めまして、私は月影《つきかげ》と申します」

桜花はつられてぺこりと頭を下げる。

「あっ、こんにちは、私は綾辻桜花ですっ！」

「そちらのお店に御用ですか？」

「はいっ、私、今日アルバイトの面接をしていただく約束をしていまして……」

するとと月影は端整な顔を傾《かし》げ、言いづらそうに話した。

「その蕎麦屋さんは、数日前に夜逃げしたようですよ」

桜花は驚きに目を見開く。

「えっ⁉　そうなのですか⁉　私、一週間前に面接の電話をしたのですが！」

それを聞いた月影は、苦笑して気の毒そうな声で告げる。

「繁盛していた様子だったのですが、何やらトラブルがあったらしく、ある日突然ご家族全員で夜逃げされたようで。私も含め、近所の住人は驚いています。今はもぬけのからですよ」

「そう、なんですね。どうしましょう。ここでなら、住み込みで働けると言っていただいたのに……」

もうこの店では働くことができない。今住んでいるところが急な耐震工事を行うそうで、今月いっぱいで出ていかねばならず、しかも頼れる身内がいない彼女にとって、この事実はあまりに残酷だった。

桜花は絶望で目の前が真っ黒になった。

「大丈夫ですか、お嬢さん⁉」

月影の声が、だんだん遠くなっていく。それに、彼の姿がだんだん傾いていく。

いや、正確に言うと、傾いているのは桜花の方なのだが。

「しっかりしてください！」

身体の力を失いながら、桜花は考える。

（そういえば、今日は朝からまともなものを食べていません。このお店で働けると思って安心していたのに、どうしましょう、これから……）

どうしても住む場所がないのなら、野宿するしかないだろうか。

悩みつつ、桜花はふっと意識を手放した。


――どこから、甘い匂《にお》いがする。

優しい香りに惹《ひ》かれ、桜花は無意識に息を吸い込んだ。

甘くて、優しくて、それになんだか懐かしい。

（これはお菓子の匂いでしょうか？）

そういえば桜花が小さい頃、休日の朝は、よく父がこんな風にお菓子を焼いてくれた。

「桜花さん、大丈夫ですか？」

考えていると、年上の男性の声がした。

よく通る、穏やかな声だ。

（……お兄ちゃん？）

桜花は一瞬そう思ったけれど、きっとそれは勘違いだ。

だって兄は、桜花の手が届かない、遠くに行ってしまった。

「桜花さん？　大丈夫ですか、桜花さん」

名前を呼ばれ、桜花ははっとして目を開いた。

「あっ、はい⁉　ええと、ここはどこでしょう？」

気がつくと、桜花はなんだかとってもおしゃれな空間にいた。

さっきまでは蕎麦屋の前にいたはずなのに、一体どこにワープしたのだろう。

まるでアートギャラリーを思わせる、洗練された、天井の高い白い部屋。

白い壁には色鮮やかな写真が、何種類か飾られている。

天井からは花のつぼみのようなかわいらしい形の電灯がいくつも下がり、室内を明るく彩っている。

どうやらここはお店の中のようだ。なんの店なのかは、店内が広いこともあり、桜花のいるところからはわからない。ただ、このスペースには小さなテーブルと椅子がいくつか置かれている。

桜花は自分がソファに横になっていて、誰かがタオルケットをかけてくれたことに気づいた。しかし、名前を呼んでくれた声の主はこの部屋にいない。

(月影さんが、助けてくれたのでしょうか)

そう考えていると、桜花の足元、タオルケットの下で何かふわふわしたものが、もぞりと動いた。

「ひゃっ⁉」

桜花は驚いてタオルケットを引く。

そこにいたのは、真っ白な猫だった。

「猫さんでしたか！」

毛が長く、ふわふわで、なんだか上品な顔立ちをしている。

「美人さんですね。こんにちは」

白い猫は桜花が撫《な》でようと手を伸ばすと、シャーッと毛を逆立てて威嚇《いかく》した。

嫌われてしまったらしい。少し残念に思っていたら、誰かが歩いてくる気配がした。

「よかった、気がついたんですね」

燕尾服に白い手袋をはめた男性が姿を現した。

「月影さん！」

名前を呼ぶと、彼は聡明そうな瞳を細め、にこりと微笑んだ。

「あのっ、月影さんが私のことを助けてくださったのですか？」

「はい、話している途中に倒れてしまったので、こちらに運ばせていただきました」

桜花は顔がかぁっと熱くなるのを感じた。自分はどうしてこうなのだろう。いつも誰かに迷惑をかけてばっかりだ。

「ご迷惑をおかけしてしまって、本当にすみません！　私、すぐに出ていきますからっ！」

そう言って立ち上がろうとした、その瞬間。

ふらりと目眩《めまい》がして、再び倒れそうになる。月影はすかさず桜花の身体を支えてくれた。

それから手袋を取り、長い指を桜花のおでこにあて、じっと視線を向ける。

「あっ、あの……！」

最初から赤かった顔が、別の理由で熱くなりそうだった。

月影は手袋をつけ直し、優しい声で言う。

「少し熱があるようですよ？　もう少し、休んだ方がよいかと」

「いえ、そういうわけには……」

いつまでも迷惑をかけるわけにはいかない。

月影は、本当にただ通りすがっただけの人だ。

それなのに図々しく家まで上がり込んでしまうなんて、申し訳ない。

「助けていただいてありがとうございました。私、大丈夫ですから……」

そう話していたときだった。

再びどこかから、ふわりと甘い香りが漂ってくる。

さっきより強いこの匂いは、どこからするのだろう。

そう思って背筋を伸ばすと、桜花は今いる場所の奥、カフェカーテンの向こうに、もう一つ部屋があるのに気づいた。どうやら甘い香りはそこから流れてくるようだ。

何か、果物の。

「これは……リンゴ？」

そう言った瞬間、ぐうううう、とお腹の音が鳴った。

月影は無表情で、じっと桜花の顔を見下ろす。

恥ずかしすぎて死んでしまいそうだった。

月影は目を細め、少しお待ちくださいと言って、奥の部屋へと歩いていってしまう。

「えっ、あの、月影さん？」

どうしようかなと考えながら、もう一度周囲に目をやる。

するとと入り口に近い場所に、大きなガラスのショーケースがあるのが見えた。

桜花のいる場所からは角度があるので、ケースの中身は見えない。

何が入っているのだろう。宝石やアクセサリーかなあと桜花が考えていると、再び月影が戻ってくる。

「やはり空腹だったのですね。ご病気でしたら救急車を呼ぼうかと思ったのですが、顔色はよかったので。もしよろしければ、召し上がってください」

そう言って月影が運んできたのは、ティーポットとカップ、それに白いお皿にのった、アップルパイだった。

「えっ、あの、月影さん、これは……！」

月影はやわらかく微笑んで、ソファの前にあるテーブルにカップを置き、紅茶を淹《い》れてくれる。

「焼きたてです。アップルパイはお嫌いですか？　もしかして、アレルギーなどございますか？」

「いえ、あの、そういうわけではないですがっ！」

アップルパイが嫌いなんてことはない。むしろその逆だ。

しかし、突然倒れたところを助けてもらっただけでもありがたいのに、その上お菓子までいただくわけにはいかない。

桜花が遠慮しているのに気づいたのか、月影は懇願するように眉を下げる。

「このアップルパイ、裏にまだまだたくさんあるんです。桜花さんに食べるのを手伝っていただけると、とても助かるのですが？」

「そんなにたくさん、ですか？」

桜花はきょとんとした。

アップルパイがそんなに大量に余っている理由とは、一体なんだろう。

「ええ。私も彼に付き合わされて、連日たくさん食べているのですが、さすがにこう何日も続くと、ちょっと。なので、よかったら」

桜花は焦りながら、それでも目の前で甘い香りを漂わせているアップルパイの誘惑にぐらぐらと心が揺らいでいた。

そんなとき、今さらながら気がついた。

「あ！　もしかして、ここはケーキ屋さんですか？」

「ええ、その通り。洋菓子店です」

桜花は立ち上がり、月影に案内され、先ほど目にしたショーケースの正面へ歩いていく。

並んでいたのは、彼の言葉通り、色とりどりのケーキだった。

その美しさに、思わず溜《た》め息をついた。

定番の生クリームと苺《いちご》のショートケーキ。きつね色の焼き目がついたチーズケーキ。円形で艶やかに光るチョコレートケーキに、何種類ものフルーツがのったフルーツタルト。

どれもこれも、全部おいしそうに見える。

そう考えると、店全体がなんだか甘い香りなのも納得がいった。

「でもここまでお世話になって、さすがにケーキまでご馳走《ちそう》になるわけにはっ！」

すると、月影は少しいたずらっぽい口調で続ける。

「むしろここまできて、遠慮される必要なんてありませんよ。逆に食べていただかないと引き下がれません」

「そ、そうでしょうか……」

「ええ、お願いします」

桜花はとうとうアップルパイの誘惑に負けてしまった。

テーブルまで戻り、ドキドキしながらまずは紅茶の入ったカップを口元に運ぶ。

飲んだ瞬間、柑橘《かんきつ》系《けい》の爽《さわ》やかな香りが広がった。

目を閉じて、胸いっぱいにその香りを吸い込む。

「この紅茶、とってもおいしいです。心が穏やかになる感じがして……」

「アールグレイに含まれているベルガモットには、リラックス効果があります。桜花さんにお気に召していただけて、何よりです」

それから桜花はフォークを手に取り、そっとパイに沈める。

アップルパイの表面には、こんがりときれいなきつね色の焼き目がついている。焼きたてだからか、まだほわりと白い湯気《ゆげ》が立ち上っていた。

「それでは、いただきます」

一口それを食べると、あまりにおいしくて溜め息が出た。

「わっ、おいしい……！」

外のパイはサクサクとした歯ごたえだ。中のとろりとしたカスタードクリームを味わっていると、ごろっとしたリンゴがこぼれてきた。

あたたかくて甘酸《あまず》っぱくて、少しシナモンの香りがする。

まるで木陰で母親が読んでくれる童話を聞きながら、うとうと眠ってしまった子供の頃を思い出すような、優しくてやわらかい味がした。

桜花はそのおいしさに夢中になって、時折紅茶を飲みつつ、あっという間にアップルパイを完食する。

そして両手を合わせ、月影に頭を下げた。

「ごちそうさまでした、月影さん。とってもおいしかったです」

それを聞いた月影は、目を細めて嬉しそうに微笑んだ。

「お口に合ったようで何よりです」

月影は流れるような動作で、ティーポットを持ち上げた。

「よろしければ、もう一杯どうぞ。外は雨です。もう少しここで雨宿りしていかれませんか?」

「あ、はい、ありがとうございます……」

執事に紅茶を淹れてもらうなんて、まるでお嬢様にでもなったような気分だ。きっとこんな体験、もう一生できないだろう。

彼は一体何者で、どうしてこんなに親切にしてくれるのだろう。

久しぶりにおいしい物を食べて、おいしい紅茶を飲んで、ようやく人間らしさを取り戻せた気がした。

ソファに座ったまま、店の透明なガラス越しに、外の景色を眺める。

確かに、蕎麦屋に行くために外を歩いていたときも、空は曇っていた。

桜花が倒れている間に、本降りになってしまったようだ。

傘を持っていなかったので、ここで雨宿りしていいという言葉はありがたかった。

「そういえばこのアップルパイは、月影さんが作られたのですか？」

問いかけると、彼は二杯目の紅茶を注ぎながら、意味ありげな笑みを浮かべる。

「いえいえ、私はこの店では飲みものと接客専門です」

「そうなのですか。では、ケーキは他の方が作っていらっしゃるのですね」

そういえば、さっき『彼に付き合わされて』と話していた気がする。

「はい。それでは当店のパティシエを紹介しましょう」

そう言って、月影はカフェカーテンのかかる奥の部屋へと身体を向けた。

すると、ちょうどタイミングよく、骨張った手がそのカフェカーテンをめくる。だが、まだ奥にいるため、桜花の位置から当人の姿は見えない。

「ん、月影。さっき拾ったやつ、気がついたのか？」

月影の穏やかな声と違い、少しぶっきらぼうで険のある男性の声音《こわね》だ。

「このアップルパイ、ものすごくおいしいらしいですよ、坊ちゃま」

月影は桜花と話すときより、ほんの少しだけ砕けた口調で返事をする。

「その呼び方やめろっつってんだろ！　いい年して坊ちゃまはねーよ」

桜花は思わず呟《つぶや》いた。

「坊ちゃま……？」

なるほど、おそらく声の主は月影の主人なのだろう。

そして月影が仕えている人なら、きっと紳士的な人物なのだろう。

例えば年を召した、落ち着きのある上品な老紳士なんてぴったりだ。

けれど声は若かったから、金髪の王子様のような人かもしれない。

一瞬の間に、桜花はそんな想像を広げた。

しかし、奥から出てきたのは、白馬に乗った金髪の王子様、ではなく。

金髪は金髪だが、眼光が鋭い青年だった。その鋭さは、まるでカミソリのようだ。

彼の外見を一言で説明してください、と街行く人にたずねれば、ライオン、般若《はんにゃ》、鬼、ヤンキー――そんなワードを口にするだろう。

月影も、決して小柄ではない。百八十センチ近くあるのではないか。しかし、月影の隣に並んだ金髪の青年は、さらに上背があった。

真っ白なコックコートと茶色いカフェエプロンを身につけているし、頭にも帽子を被っているから、青年が料理人だということは分かる。

それなのに、桜花と向かい合うと、なんだか獲物を見つけた獅子《しし》と、今にも食べられそうな草食動物といった構図になった。

(この方は、もしかして私がいることを怒っているのでしょうか?)

桜花は自分の身体がきゅっと小さくなった気がした。

「彼がここのケーキを作っているパティシエです」

月影にそう紹介され、桜花はぱちぱちと瞬《まばた》きをして、獰猛《どうもう》な顔つきの青年をじっと見る。

彼の鋭い眼光が、より強い光を集めた。

桜花もじっと彼に視線を向ける。桜花がそうしたのには、理由があった。

金髪の青年に、見覚えがあったからだ。

青年の眉は今、険しくひそめられている。

「……あの、鬼束《おにつか》君、ですよね？」

「は？　どうして知ってるんだ？」

「同じ大学の、鬼束真澄《ますみ》君、ですよね？」

桜花は確信を持って言葉を続ける。

間違いない。

鬼束を見ることができたのはほんの数回だったが、そのインパクトは鮮烈だった。

ちなみに、桜花は知らなかったが、鬼束は入学早々に起こした〝事件〟のせいで、学内では有名人だった。

「あの、私地味だから知らないかもしれませんが、白橋《しらはし》大学の一年生の、綾辻桜花です。お話ししたことはないですが、学科は違いますが同じ学部で、同じ講義室にいたこともあるんです」

「そうなのか……」

鬼束は動揺したように顔を歪《ゆが》める。

（私、存在感が薄いので、やっぱり覚えていないですよね）

桜花はそう考えながら、曖昧《あいまい》に微笑んだ。

「さっきいただいたアップルパイも、もしかして……」

鬼束に話しかけようとするが、彼は脱兎《だっと》のごとく厨房《ちゅうぼう》へ逃げようとする。

そんな彼の首根っこを、すかさず月影がつかまえた。

「坊ちゃま、どこに行くんですか？」

月影はにこにこしつつ、それでもしっかりと鬼束の襟首を掴んで離さない。

鬼束は首が絞まり、苦しそうに、ぐえと声をあげた。

桜花はさっき倒れそうになった身体を支えてもらったときも思ったが、月影は細身なのに、意外と腕力があるのかもしれない。

彼は明るい声で桜花に話しかける。

「まさか桜花さんが、坊ちゃまと同じ大学のお嬢さんだったとは。世間は狭いですね。こんな偶然があるなんて。むしろここまで来ると、運命かもしれませんよ」

鬼束は冷静にその言葉にツッコむ。

「いや、目ざといお前のことだから、どうせ最初から知ってただろ。だいたいここら辺歩いてる大学生は、ほとんどみんな白橋大学の学生じゃねーか」

なるほど、だから月影はこんなに親切にしてくれたのか。

月影はその言葉を笑顔で聞き流した。

桜花は鬼束に問いかける。

「そういえば鬼束君、ここ最近は、大学で姿をお見かけしませんでしたけれど……。具合が悪かったのですか？」

〝事件〟を知らない桜花がそう問いかけると、鬼束は「はあ？」と顔を歪める。

そして桜花のすぐ前に歩み寄り、威圧するように言う。

「お前、それ嫌味のつもりか？」

至近距離に詰め寄られ、桜花は焦りながら言葉を返す。

「えっ、いえ、決してそういうわけでは」

こうやって近くで見ると、鬼束はますます背が高くて、顔が怖くて迫力がある。けれど、そんな彼からリンゴの香りがするのが、少しアンバランスで不思議だった。

「なら本気で言ってんのか？　あれだけ噂になったのに何も知らないなんて、ずいぶんぼんやりしたやつだな」

何かいけないことを聞いてしまったのだろうか。

桜花が困惑していると、月影が手に持っていたトレイでパァン！　と鬼束の頭を叩いた。

「お、鬼束君！」

ものすごくいい音がした。

「てめえ月影、何しやがんだ！」

鬼束は牙を剥《む》いて威勢よく吠える。

「坊ちゃま、女性に対する言葉遣いがなっていませんよ。もう少し優しく接してください。よろしいですね？」

月影は、あくまで穏やかな笑顔のままだ。

それが逆に、余計にすごみというか、迫力を増している感じさえする。

鬼束は威勢はいいが、どうやら月影に逆らえないらしい。まるで飼い犬とご主人様のようだ。本来の関係なら、主人はおそらく鬼束の方だろうに。

鬼束は抵抗するのをやめ、金色の前髪をかき上げる。

「俺は休んでたんじゃなくて、停学になってたんだよ」

「停学……そうだったのですか」

どうして停学になったのだろうと思ったけれど、それを聞く空気ではない気がした。

「あの、もし学校のことでお困りでしたらお手伝いしますので！」

「そら、どうも」

それから桜花は、先ほどきちんと聞けなかったことを問いかけた。

「ところでさっきいただいたアップルパイ、鬼束君が作ったんですか⁉」

瞬間、鬼束の表情がぐにゃりと歪む。

実は、本人は恥ずかしがっているのだが、傍から見ると相手を脅しているようだ。

鬼束は桜花に向かって怒鳴《どな》りつけた。

「ああ⁉　だったらなんだっつーんだ⁉　笑いたきゃ笑えよ！」

月影がトレイをバシッと掌に打ちつけて、威嚇した。

鬼束は小さく舌打ちをして、さっきよりトーンを落とし、いじけたように言う。

「どうせお前も似合わないと思ってるんだろ？　こんな目つきが悪くて人相も悪くて、ヤンキーと間違えられるような俺がケーキ作りに勤《いそ》しんでるなんて、ちゃんちゃらおかしいって言えばいいだろ！」

それを聞いた桜花は、パッと表情を明るくする。

「そんな、笑うなんてめっそうもないです！　では、やっぱりあのアップルパイ、鬼束君が作ったのですね？」

「ああ、そうだよ。まだ試作だけど……」

「鬼束君、素敵です！」

桜花がキラキラと瞳を輝かせてそう言うと、鬼束の顔がかっと赤くなる。

「なっ、何をバカなことを……！」

「だって、こんなに優しくて綺麗でおいしいアップルパイが作れるなんて、天才ですっ！」

「て、天才？」

「はい、今まで食べたアップルパイの中で、一番おいしかったです！」

後ろに立っている月影は、なぜか笑いを堪《こら》えていた。

鬼束はどう答えればいいか分からず、言葉を失ってあたふたしていた。

桜花はふと外に目をやり、雨が降りやんでいることに気づいた。

「雨、やんだみたいですね」

「ん？　ああ、確かに」

桜花はソファから立ち上がり、二人に向かって深くお辞儀をする。

「月影さん、鬼束君、今日は本当にありがとうございました。お二人に助けていただかなければ、今頃行き倒れていたかもしれません。月影さんと鬼束君は、命の恩人です」

月影は優しく桜花に微笑みかける。

「いえいえ、そんなにお気を遣わずに。もし何か事情がおありなら、もう少しここで休まれた方が」

月影の誘いは、とてもありがたい。

しかし、いつまでもここにいられない以上、これからのことを考えないといけない。

桜花は押し寄せてくる不安を塞《ふさ》ぐようにぎゅっと手を握りしめ、首を横に振る。

「これ以上ご迷惑をおかけするわけにはいきません。本当に、ありがとうございました。あの、いただいたアップルパイと、紅茶のお代なんですが……」

月影は微笑みながら言う。

「お代はけっこうです。私が勝手にしたことですので」

「そういうわけにはいきません！」

「いえいえ」

月影は笑顔だが、その意思は固そうだった。何度か同じやり取りが続いた後、結局桜花が根負けした。

「本当にお言葉に甘えてしまって、よいのでしょうか？」

「ええ、もちろんです」

桜花は再び深々と頭を下げる。

「ありがとうございます」

月影は店の扉を開きつつ話す。

「それより桜花さん、途中までお送りしますよ」

「いえ、まだ夕方なので明るいですから」

桜花は最後にもう一度、二人に向かって深くお辞儀をした。

「ありがとうございました。それでは鬼束君、また大学で」

桜花は何度も何度もお辞儀をしながら、やがて駅に向かって歩いていった。

歩道の近くに桜の木があるのに気づき、桜花は足を止めた。

春はとても好きな季節だ。

何しろ桜花という名前だから、桜の花にはやっぱり思い入れがある。

だが入学式のときは満開だった桜も、今はすっかり新緑で覆われていた。

今にも泣き出しそうな空模様を見上げて思う。

(鬼束君が作ったアップルパイと月影さんの紅茶は、本当に素敵でした)

まるで、どんな悩みも消してしまうくらいに。

けれど残念ながら、事態はよくなるどころか、悪化してしまった。

桜花はぽつりと呟いた。

「これから、どうしましょう」

——その瞬間。

後ろから、誰かに背中を押された気がする。

「えっ……」

バランスを崩し、よろけてその場に倒れる。

心臓がバクバクと鳴った。

(また、です)

そこにいないはずの誰かに背中を押されるのは、これが初めてのことではない。

驚いて振り返ろうとするが、それより先に、道路からけたたましい急ブレーキの音が耳に飛び込んできた。

□

泡立て器を手際よく回し、熱心にクリームの角をたてながら、鬼束は悩んでいた。

表情だけ切り取れば完全に極悪人のそれだが、決して凶悪な計画を企《くわだ》てているわけではない。

新作のケーキのメニューはどうしようかと、考えていたのだ。

やはり他の店にはない、この店を象徴するようなケーキが欲しい。もう何ヶ月も考え続けているが、ピンとくるアイデアは思い浮かばなかった。

鬼束は手を休めずに、真剣に泡立て器をかき回し続ける。

ケーキを作るコツは、気持ちを入れることだ。

『料理は科学だから、分量さえきちんと計って正しいレシピを知れば、誰でも同じ味を再現できる』と語る料理人もいるが、鬼束はそうは思っていない。

今も、俺に逆らうやつは全員皆殺しだ、などと言い出しそうな表情をしていても、実際は生クリームに愛情を込めているのだ。

影のようにひっそりと後ろに立っていた月影が、鬼束に声をかける。

「坊ちゃま、桜花さんはどのような方なのですか？」

ケーキ作りに没頭《ぼっとう》していた鬼束は、突然現実に引き戻されて機嫌が悪そうに言う。

「んあ？　知らねーよ。さっきも言っただろ。俺は同級生の顔なんてちっとも覚えてないんだ」

それを聞いた月影は、わざとらしく泣き真似《まね》をする。

「月影は悲しいです。坊ちゃまにはご学友を作り、楽しい学生生活を営んでいただければと考えていましたのに。結局、入学してから数日でヤンキー扱いされて周囲から浮き、果ては暴力沙汰で停学になってしまうなど」

「うっせ！　俺のことはほっとけ！　あと坊ちゃまはやめろ！」

さらに鬼束は、ぼそりと呟いた。

「俺は、間違えたことをしたとは思ってないからな」

月影と鬼束は、鬼束が幼い頃からの付き合いだ。

大抵の相手なら鬼束がすごめば黙ってしまうのに、月影はどれだけ睨《にら》もうとその口撃をやめないから質《たち》が悪い。

どうせ口では敵《かな》わないことは重々承知なので、もう逆らわないことに決めていた。

「坊ちゃま、今からでも髪の毛を黒く染めるつもりはないのですか？」

鬼束はその問いをあっさりとはね除ける。

「入学するときに言っただろ。大学では別に禁止されてるわけでもないし、地毛なんだから。他にも派手な髪色のやつはいるし、どうして周囲に気を遣って黒染めしなきゃないんだ、アホらしい」

そう言って、また泡立て器をガシャガシャと回す。

月影はその答えが分かっていたといった様子で、困ったように微笑んだ。

「坊ちゃまに覚悟があるのなら、私が今さら何か言うまでもなかったですね。それはともかく、桜花さんのことで少し気になることが」

鬼束は不機嫌そうな表情で手を止める。

「なんだよ」

月影は指先で、自分の腕をとんとんと叩く。

「気づきましたか？　彼女、手や足にひっかき傷のようなものがたくさんありました」

それを聞いた鬼束は、眉を寄せた。

「……は？　どういう意味だ」

鬼束は考える。そんなもの、あっただろうか？

少なくとも、自分は気づかなかった。

長袖の洋服を着ていたのだから、よっぽど注意しなければ分からなかった。そもそも女性の身体を凝視《ぎょうし》するなど、失礼だし。

「その傷、何が原因だ？　もしかして、親か？」

鬼束の瞳に怒りの色が灯る。

大学一年なので子供という年でもないが、ケガをしていると聞いて一番に思いつくのは家族からの虐待だった。もしくは恋人からの暴力か。

しかし月影は小さく首を横に振り、何を考えているのか読めない表情で、言葉を続ける。

「いえ。さっきはほとんど気配がしませんでしたが、おそらくあれは……」

彼の言いたいことを察し、鬼束はたてがみのような金色の髪の毛をかきながら、深い溜め息をついた。

「まじかよ、面倒だな」

月影は深刻な表情で口元に手を当てる。

「坊ちゃま、もしよろしければ彼女に何があったのか、少し調べてもよろしいでしょうか？」

その言葉に、鬼束はぷいとそっぽを向く。

「勝手にしろ。俺には関係ねーよ」

そう言って、再びケーキ作りを再開する。

長い付き合いの鬼束には分かる。

月影は言葉や態度は丁寧だが、やると言ったことは絶対にやる。

そして自分の主人——つまり鬼束だが——に危害を加える者や敵と見なした相手には容赦しないし、蛇のようにしつこい。

詳しいことは知らないが、大学で起こした事件の相手が何も言わないどころか、鬼束を見ると逃げるように去っていくのは、裏で月影が手を回したのではないかと勘ぐっている。怖いから、詳細は確認していないが。

絶対敵に回したくない男だ。

鬼束がケーキの試作品を完成させるまでの数十分で、月影はどこかに電話していたかと思うと、あっという間に〝綾辻桜花〟がどういう人間なのかを調べ尽くしてしまった。

「分かりましたよ、坊ちゃま」

「はえーよ」

「桜花さんですが――」

そして、桜花の事情を聞いた鬼束は、絶句した。

「なんだよ、その話……」

月影は彼女を労《いたわ》るように呟いた。

「桜花さん、たった一人で苦労されているんですね」

桜花の身の上話を聞いた鬼束は、眉の間により深い皺《しわ》を刻んだ。

今日という今日は許さない、東京に血の雨を降らせてやる、などと考えているわけではない。涙を堪えているのだ。

何しろこの男、顔は怖いが割と涙もろい。特に家族の絆《きずな》とか、動物ものとか、そういう話にめっぽう弱かった。

「坊ちゃま、桜花さんの件ですが」

そう問いかけられた鬼束は、二つ返事で頷《うなず》いた。

「いいんじゃないか？　お前の好きにしろよ、月影。どうせ止めても聞かねーだろ」

月影はやわらかく微笑み、小さく頷いた。

「かしこまりました」

□

「桜花、熱は下がったの？」

「はい、微熱でしたので大丈夫です！　ご心配をおかけしました、京子《きょうこ》ちゃん」

翌日、桜花は大学の講義室で、親友の京子から質問責めにあっていた。

「また無理してバイトしてるんじゃないでしょうね？」

京子は少しツリ気味の目で、じっと桜花を見つめる。

二人は幼稚園のときからの付き合いで、気のおけない仲だ。

桜花は昔から新しい友だち、新しい環境というのに馴染《なじ》むのが苦手な性格だった。

幼稚園に入ったばかりの頃も、緊張のあまり園の先生にはもちろん、同じ年の園児たちにも敬語を使っていた。

両親に「桜花が丁寧な言葉遣いで話して、嫌な気持ちになる人はいない」と教わったからだ。

さらに、その頃出会った京子に敬語で話すのを「かわいい」と言われたのが嬉しくて、誰に対しても敬語で話すのがすっかり癖になってしまった。

中学と高校は別の学校だったが、同じ大学の学部学科を受験し、二人とも合格したと知ったときは、抱き合って喜んだ。そして、桜花は京子がいてくれることに心から安堵した。

京子は言いたいことをなんでもすぱっと言ってくれる気持ちのいい性格の女の子で、桜花は彼女のそういうところにいつも救われていた。

「桜花はいつも自分のことは二の次で無理するから、心配なのよ！」

「えへへ、大丈夫ですよ？」

「それならいいけど……」

京子は桜花の顔を、近くからしげしげと見つめる。

「……ねえ桜花、何かあたしに隠してるでしょ？」

「ほっ、本当に、なんでもないんです！」

京子は疑わしそうに口を尖《とが》らせる。

「本当かなぁ～」

チクチクと痛む良心を抱えながら、桜花は心の中でごめんなさいと謝った。

桜花の現在の生活は、とても『大丈夫』と言えるような状況ではなかった。

しかし、京子にそれを話せば、きっとものすごく心配をかけてしまうし、協力できることはすべてしてくれるだろう。それは申し訳ない。

桜花が苦笑いしているのを見て、京子は目をじっとりと細め、すねたように言う。

「まあ桜花が言いたくないなら、無理に聞かないけど。で、その足の包帯はなんなの？」

彼女は桜花の左足にぐるぐると巻かれている包帯を指さした。

「これは昨日の帰り道、ちょっと転んでしまいまして」

「また？　包帯を巻くくらいなんだから、けっこうなケガなんじゃないの？」

「実は、転んだときに車に轢《ひ》かれそうになってしまったのです」

「ええ⁉　平気だったの⁉　っていうかそれ、車が悪いんじゃなくて⁉　警察呼んだ⁉」

桜花はふるふると首を横に振った。

「いえ、運転手の方に『大丈夫？』って聞かれて、『はい』と答えたら走っていってしまいました」

「はあ⁉　轢き逃げじゃない！」

「でも私がぼーっとしていたのが悪いので」

京子は怒ったように手を上下させる。

「もう！　だからって、そういうときはちゃんと警察に通報しないとダメ！　その場では痛くなくてもむちうちになったり、後から痛みが出てきたりする場合だってあるんだから！」

「はい、気をつけます」

京子は桜花の手や足に視線をやり、低いうなり声をあげた。

「ねえ、最近の桜花、ケガをしすぎじゃない？　その転んだっていう足もそうだけど、他の場所にも、小さなひっかき傷みたいなのがたくさんあるし……」

「そうなんです。私、ぼーっとしているので」

「でも、前はそんなことなかったでしょ。最近のことじゃん。先月くらいからじゃない？そういうケガが続くのは」

桜花はその言葉に頷いた。

「確かに、四月に入ってから多いような気がしますね」

「それに先週ケガしたときは、誰かに突き飛ばされたって言ってなかった？」

当時のことを思い出し、桜花は表情を曇らせた。

「はい……。そんな感じがしたんですが、後ろを確認したら誰もいなかったので、きっと私の気のせいです」

確かにそうなのだ。

四月に入ってから、桜花がずっと気にしていることがある。

それは自分のすぐ近くに、誰かの気配がすること。

とはいえ、それが誰なのかは分からない。

常にその気配があるわけでもない。

しかしふとした瞬間、背後に、息を呑んでしまうほどの大きな何かがいるような気がするのだ。

そして、その何かの気配がすると、いつもケガをしてしまう。

時には、突き飛ばされたり押されたりしたような感じがして、転んでしまうこともある。

そんなことが何度も続く。

桜花はもとよりぼんやりした性格だが、こう何度も続くとまったくの勘違いとも思いづらい。

怖くないと言ったら、嘘になる。

けれど正体を突き止めるのは、それはそれで恐ろしい。

もしその何かの正体に気づいたとき——果たして、自分は無事でいられるだろうか。

それに、そんな不確かなことを話しても、京子をもっと心配させてしまうだけだ。

京子は腕を組み、納得のいかない顔で呟いた。

「そんな気のせい、ないと思うけど。とにかく桜花、何かあったなら話してよね。あたし、桜花の親友なんだからさ」

彼女の力強い言葉が胸の奥にしみ込んで、心が軽くなる。

「京子ちゃん……。はいっ、ありがとうございます！」

桜花たちがそんなことを話していると、なぜかそれまで騒がしかった講義室が、突然水を打ったようにしんと静まり返った。

どうやら皆、入り口に注目しているようだ。

桜花たちも、それにならって講義室の入り口を見やる。

すると、今まさに中に入ろうとしている鬼束と目が合った。

京子がぼそりと呟く。

「わ、鬼束だ。あいつ、停学終わったんだ」

周囲の学生たちも、ひそひそと小声で耳打ちし合う。

「こえー、でかいよあいつ。身長三メートルくらいあるんじゃねーの？」

そんなにあるわけないだろ、という目つきで鬼束が睨みつけると、こそこそ話をしていた学生たちは口を噤《つぐ》む。

「本当ですね、鬼束君です」

桜花は昨日のお礼を言わないと、と思いながら、大きく手を振った。

「鬼束君っ、おはようございます！」

周囲の学生たちがぎょっとしたようにざわめき、今度は桜花に視線が集中する。

「ちょ、ちょっと桜花⁉」

京子も驚き、焦った表情で桜花の洋服の袖を引く。

しかし、桜花には皆が驚いた理由が分からなかった。

「どうしたんですか、京子ちゃん」

「どうしたって、桜花、なんで鬼束に挨拶《あいさつ》してるの⁉」

鬼束は学生たちの反応を見て、深い溜め息をつき、桜花に向かって小さな声で言った。

「おい、ちょっと面《つら》貸せ」

それを聞いた学生たちは、またざわめいた。

呼び出し⁉　脅迫⁉　事件⁉　と凍りついている。

だが桜花は怖がる様子もなく、あっさりそれに応じた。

「はい。京子ちゃん、行ってきます！」

「え？　ちょっと、桜花？　大丈夫⁉　危ないならあたしもついていくけど平気⁉」

そう言われた桜花は、クスクスと笑った。

「危ないことなんて何もないですよ」

桜花は鬼束の後に続いて、廊下を歩いていった。

階段を下りている途中も、鬼束は多くの学生たちの注目を集めていた。

鬼束が歩くと、人波が割れ、彼が進もうとする方向へ綺麗に道が開ける。

（鬼束君が歩こうとすると、みんな避けてくれます。すごいです。確か聖書にそんな話がありましたね）

桜花が一人で感心しているうちに、校舎の裏に到着した。

そこは日陰になっていて、ひんやりとした空気が流れていた。

桜花はこんな場所があるなんて知らなかった。

「私、初めて来ました」

「まあこんな場所、告白か呼び出しにしか使わねーだろ」

そう言ってから、鬼束はあっと叫んで顔を赤くする。

「言っとくけど、別に妙な話じゃないからな！」

「はいっ。どうしてここで話そうと思ったんですか？」

「講義室だと外野がうるさくて、ちゃんと話せそうになかったからな。今、俺の周囲はざわついてるし」

　それを聞いて、桜花は鬼束が停学になっていたのを思い出した。

（鬼束君は、一体どうして停学になったのでしょう）

　疑問に思ったが、それはひとまず置いておいて、昨日のお礼を伝えたかったので先に彼に声をかけた。

「昨日は、本当にありがとうございました。お二人に助けていただいて、とっても嬉しかったのです。鬼束君と月影さんがもしご迷惑でなければ、今日改めてお礼にうかがおうと思っていたのですが……」

　鬼束は厳しい表情で念を押す。

「あー、それは別にいいんだけどよ。ケーキのことは、誰にも話すなよ」

「はいっ、分かりました！」

　それから鬼束は、桜花の膝に巻かれている包帯に視線を落とし、顔を歪める。

「……お前、その包帯はどうしたんだ？　確か昨日、俺の店にいたときはなかっただろ？」

「あっ、これは昨日、帰り道で転んで車に轢かれそうになったときにケガをしてしまいまして」

「はあ⁉　まじかよ、やっぱり月影に送っていかせるべきだったな」

桜花はぶんぶんと首を横に振る。

「いえいえっ、私が間抜けだっただけなので！」

鬼束は腕を組んで、桜花を見下ろす。

「他にも手とか足とか、傷だらけだって言ってたけど、月影が」

「実は私、最近よくケガをするんです」

呆れられるかと思ったが、鬼束は神妙な表情になり、じっと桜花の顔を見つめる。

「それはなんでだ？　お前、前からそんなに頻繁《ひんぱん》にケガをしてたのか？」

「いえ、そういうことはなかったんですけど」

鬼束はずいっと桜花へと距離を詰めた。

「何かあるなら、言ってみろよ」

「でも……」

『見えない誰かに背中を押されたから』だとは、あまりに非現実的すぎて、どう話していいのか分からない。

　動揺しながら後ずさると、背中が壁にぶつかった。

　そんな桜花の顔の横に、鬼束は勢いよく、ドンと手をつく。

「いいから話せっつってんだろ！」

「ひゃいっ！」

　鬼束に近くで叫ばれると、とても迫力がある。

　とはいえ、顔は般若のようだが、おそらく桜花のことを心配してくれているのだろう。

　迷ったけれど、誰かに聞いてほしかったのもあって、最近の出来事をぽつぽつと話し出した。

「えっと、気のせいかもしれないのですが、実はこのケガをしたとき、後ろから誰かに押された気がしたんです」

　その言葉を聞いて鬼束は、なぜか妙に納得した様子だった。

「なるほど、誰かに押された、な。だけどその誰かを見たわけじゃねーのか」

「はい。確認したんですが、振り返っても、近くには誰もいなくて。やはり勘違いかなと」

　それを聞いた鬼束が、何かを言おうと迷っている仕草を見せる。

「あのさ……」

彼が口を開いた、そのときだった。

上からパラ、と粉のようなものが振ってくる。

桜花はなんだろうと疑問を抱いた。

「危ねえっ！」

そう叫んだ直後、鬼束に抱きしめられ、桜花は地面に倒れていた。

「えっ、あの……」

どうしたんですか、と聞こうと思ったのとほぼ同時だった。

二人が倒れているすぐそばに、すさまじい音とともに、激しく何かが叩きつけられる。

「きゃっ！」

大きな音がして、上から降ってきた花瓶が地面に当たり、バラバラに砕け散った。

桜花はぞっと背筋が寒くなった。

すぐに窓から女子学生が顔を出して、こちらに向かって大声で謝る。

「ごめんなさい、大丈夫でしたか⁉」

鬼束は素早く起き上がり、彼女を怒鳴りつけた。

「ふざけんなよてめぇ、当たって死んだらどうすんだコラ！　気ぃつけろや！」

「きゃーっ！　ヤンキー！」

「誰がヤンキーだ⁉」

怒られた女子学生は、恐れおののいてそのまま逃げてしまったようだ。

鬼束は「最近の若者はまともに謝ることもできねえ！」などと憤《いきどお》った後、まだその場に座り込んでいる桜花に向かって、大きな手を差し伸べる。

「おい、平気か？」

「は、はい……」

桜花は立ち上がろうとするが、まだ恐怖で足に力が入らない。

彼女の顔は、真っ青になっていた。

もし鬼束が助けてくれなかったら、あの花瓶はきっと直撃していた。

それだけなら、ただの偶然かもしれない。

だけど、さっき桜花は確かに感じたのだ。

——鬼束に抱きしめられる直前、大きな何かが自分の腕を引こうとする気配を。

鬼束は、桜花の背後をきつく睨みながら呟く。

「……今、なんかいたな。でかいのが」

「えっ⁉　ほ、本当ですか？　鬼束君にも、分かりましたか⁉」

「ああ。素早かったから、それが何かは見えなかったけど」

そう言って、ごしごしと目蓋《まぶた》を擦る。

鬼束は桜花の手を引いて、立ち上がらせてくれた。

桜花の様子が気にかかったのか、鬼束はさっきより穏やかな声で言った。

「綾辻……だっけ」

「はい」

「……呼びにくいな」

「あ、えっと、それでは桜花と呼んでください。その方が、言いやすいと思うのですが」

「あー、じゃあそれで。お前のそれ、月影ならどうにかできるかもしれない」

桜花は驚いて目を丸くした。

そして、優雅に微笑む月影の姿を思い浮かべる。

「それって、ケガをすることを、ですか？」

「そうだ」

「本当ですか？」

「ああ、多分だけどな。とりあえず今日、講義が終わったら店に来いよ」

「あ、はいっ！　分かりました」

鬼束はその返事を聞くと、満足したように歩いていった。

桜花は彼の後ろ姿を眺めながら考える。

それっていうのは、どういうのだろう。

□

桜花は講義が終わると、再びあの洋菓子店に向かっていた。

洋菓子店〝charmant fraise〟は、閑静な住宅街にひっそりと佇《たたず》んでいる。

看板には、シャルマン・フレーズと読み仮名がふってあった。

(一体どういう意味なのでしょう)

考えながら、桜花はじっと洋菓子店を見つめた。

昨日はゆっくり外観を見る時間がなかったけれど、こうして見上げると本当に綺麗なお店だ。

白を基調にした、清潔感のある外観。正面はガラス張りになっていて、外からも店の中の様子をうかがうことができた。

昨日桜花も座ったが、かわいらしいソファがあり、椅子とテーブルも何脚かセットで並んでいる。購入したケーキをイートインスペースで食べられるのだろう。

店のすぐ裏には、愛らしい庭が続いていた。色とりどりの小さな花がたくさん咲いている。

しかし今日のシャルマン・フレーズは、シャッターこそ開いているものの、店内は薄暗く、人の気配がしない。

「……定休日なのでしょうか？」

そういえば、鬼束に講義が終わったら来いとは言われたが、詳しい時間は聞いていなかった。

どうしようかと軒先で佇んでいたら、足元に白くてふわふわした何かが近づいてきた。

それは桜花を見つけると、にゃあんと声をあげる。

「あっ、あなたは昨日の白猫さん！」

桜花は白猫の近くでしゃがみ、にこにこと微笑んだ。

毛は真っ白で長くて、瞳は緑色の宝石みたいで、とても美人の猫だ。

「もしかして、鬼束君のお家の猫さんでしょうか？」

そう問いかけると、頭上から声が降ってくる。

「そう、うちの猫だ」

いつの間にか、すぐ後ろに鬼束が立っていた。

「鬼束君！　こんにちは！」

「来てたのか。今店開けるから」

そう言って、鬼束は鞄から鍵を取りだし、店の扉を開く。

「そこらへん、適当に座ってくれ」

鬼束が店に入るのに続いて、白い猫もとことこと店に入った。

桜花が触れようとすると、白い猫は警戒したように鳴いて、走って二階へと階段を上っていってしまう。

「ありゃ。嫌われてしまったようですね。残念です」

鬼束は電気のスイッチをつけながら答える。

「まあ、あいつ気まぐれだから」

「鬼束君の猫さんなんですね。ここに住んでいるんですか？」

そう問うと、鬼束は困ったように首の後ろをかく。

「ああ、名前はシフォン。元々実家にいたんだが、俺がこの店に通う時間が長くなってから、さみしかったのかあんまりエサを食べなくなっちまったらしくてな。可哀想だから、ためしにここに住まわせてみたら気に入ったようで、すっかり居着いちまった」

桜花は両手を合わせ、キラキラした瞳で言った。

「わあ、鬼束君のことが大好きなんですね！　とってもかわいいです！」

鬼束はさっきよりぶっきらぼうに言う。

「飲食店だから、猫がいるのはどうかと思うんだけどな。普段は極力店のスペースには入れないようにしてる」

桜花はそんな鬼束の様子を見て、ああ、彼は本当に猫が好きなんだなと思った。

ちょっと分かりにくいけれど、優しい人だ。

「ということは、鬼束君は二階で暮らしているんですか?」

「暮らすっていうか、家に帰るのがだるくなったら、ここに泊まってる感じだな。最近は実家よりこの店にいる時間の方が長いけど。ここ、一応うちの店だから」

「そうだったんですね!」

その言葉に桜花は驚く。

鬼束はてっきりアルバイトをしているのかと思ったが、店自体が鬼束家のものらしい。

「そういえば、鬼束君。お店の名前、シャルマン・フレーズって言うんですね」

「あー、そうだな」

「昨日はじっくり見なかったので、知りませんでした。フランス語ですよね? どういう意味なんですか?」

そう問うと、鬼束はなぜか気まずそうに顔を歪める。

「意味なんか、どうでもいいだろ」

「えっ、ですが、気になって……」

そんなことを話していると、いつの間にかすぐそばに燕尾服の男性がいた。

「おや、こんにちは桜花さん」

足音も気配もしなかったので、桜花は少し驚く。

「月影さん！　昨日はありがとうございました！」

「いえいえ。何を話してらしたんですか？」

桜花は苦笑しながら月影に問う。

「いえ、シャルマン・フレーズって、どういう意味なのかなぁと」

でも鬼束君は言いたくないのでしょうか、と遠慮すると、月影はあっさり答えた。

「ああ、『かわいらしい苺』という意味ですよ」

それを聞いた桜花は、ぱっと表情を輝かせる。

「かわいらしい苺！　それはなんと愛らしいお店の名前でしょう！」

そう叫ぶと、目つきが最高に悪い鬼束と視線が合った。

「ひゃっ！」

月影は嘲笑《あざわら》うように桜花に耳打ちした。

「あの顔で『かわいらしい苺』ですよ」

鬼束は月影に向かって怒鳴りつける。

「親父がつけた店名だって、お前は知ってるだろうが！　別に俺は『パティスリー血の雨』とかでもいいんだぞ⁉」

「それでは誰もお客様が来ないでしょう。とりあえず立ち話もなんですから、どうぞイートインコーナーに座ってください。桜花さんは、今日はどうしてこちらに？」

その問いかけに、鬼束が答えた。

「俺が呼んだんだ。ほら、ケガのことで」

桜花はぺこりと頭を下げた。

「昨日もお世話になっておいて、申し訳ないのですが。もしかしたら、月影さんならこのケガの原因が分かるのではないかと、鬼束君に聞きまして」

月影は真剣な表情でそれに答える。

「桜花さんのそのケガですが」

「はい」

「立ち入ったことをうかがいますが、桜花さんは最近、ご家族や住んでいる場所など、何か変化がありましたね？」

桜花は感心して月影を見上げる。

「すごい、どうして分かるんですか？」

月影は得意げに笑った。

「実は私、探偵なんです」

「そうなのですね！　執事さんでとびっきりの紅茶を淹れられるうえに、推理までされてしまうなんてすごいですっ！」

鬼束は月影にツッコミを入れる。

「わけの分からん嘘をつくな。身辺調査したって言ってやれよ」

「それじゃつまらないじゃないですか。探偵というのは冗談ですが、色々調べ物をするのは、私の仕事の一つなんです。少し桜花さんのことを調べさせていただきました」

「あ、そうだったのですね」

「気に障《さわ》ったら申し訳ありません」

桜花はふるふると首を横に振る。

「いえ、いいんです」

桜花はこれまでの事情を話し出した。

「私、兄と二人暮らしだったんです。だけど先日、兄が……」

桜花はそこでぎゅっと服を握りしめ、言葉を濁《にご》す。

「……事故にあったのですね」

月影は、もうそのことも知っているようだ。けれど、調べても分からないことだってあるだろう。

これから続く言葉を口にしたら、彼らはどう思うだろうか。

そう考えると、桜花は一瞬恐怖で身がすくんだ。

「兄が事故にあったの、私のせいなんです」

鬼束が、怪訝《けげん》そうに眉を寄せる。

「どういう意味だ？」

「私、その日、講義が早く終わるので、兄と外で待ち合わせをして一緒に買い物する予定だったんです。だけど、一度帰宅したら急に熱が出てしまって、出かけることができなくなったんです。私は事情を、まだ仕事中だった兄に電話で伝えました。そうしたら、兄は『分かった、また今度で大丈夫だよ』って言って……」

桜花は震える手を口元に当て、俯《うつむ》く。

「それで兄は、一人で行くことになって。そのまま、事故に」

鬼束と月影の顔が見られず、桜花は自分の膝を見つめる。

「私が……。私が、約束通り一緒に出かけていれば、兄はきっと事故に巻き込まれませんでした」

月影が、労るような声で言葉を紡《つむ》ぐ。

「その後お兄様は、空の向こうへと旅立たれた」

桜花は沈痛な面持ちで、目を伏せた。

「……はい」

鬼束の声に、怒気が混じる。

「それで、もしかして、お前ずっと責任を感じてんのか?」

「はい。だって、私……」

その言葉を遮るように、鬼束がテーブルを叩いた。

「ふざけんなっ!」

その言葉の激しさに、桜花は思わずびくりと肩をすくめた。

きっと鬼束は、自分のことを怒っているのだろう。

最低な人間だと思われても仕方ない。

そう考えて、ぎゅっと目を閉じた。

「ごめんなさ……」

しかし鬼束は身体を乗り出し、桜花の手を掴んだ。

「なに謝ってんだよ⁉　お前が悪い要素、一つもないだろうが！」

彼の言葉を頭の中で繰り返し、予想外の反応に動揺しながら答える。

「だって、私が約束通りに出かけていれば、兄は」

鬼束は荒々しく、怒鳴るように言葉をぶつけた。

「そんなのしょうがないだろ！　急に具合が悪くなることくらい、誰だってあるだろ！　いや、誰が悪いとかじゃなくて……なんで自分が悪いって決めつけてんだよ！　一緒に出かけてたら、お前も一緒に事故にあってたかもしれねーだろ⁉　そんなの、俺がもしお前の兄ちゃんだったら、絶対嫌だと思うぞ！　お前の兄ちゃんは、妹が一緒に事故にあって喜ぶような男だったのか⁉」

桜花はぶんぶんと首を横に振った。

「兄は、いつも、とっても優しくて……突然突拍子もないことをするときもあったけど、いつも私のことを、笑顔で見守ってくれていて……そんな兄が、大好きです」

桜花が途切れ途切れにそう言うと、鬼束はくしゃりと笑った。

（鬼束君が笑った顔を見たのは、初めてかもしれません）

桜花の心臓が、とくりとはねた。

「だったら、今さら起こっちまったことを悔やんだって、しょうがねーよ」

それを補足するように、月影がにこりと笑って言う。

「つまり坊ちゃまは、あなたが責任を感じる必要はないとおっしゃっています」

桜花はまた目頭《めがしら》が熱くなるのを感じた。

「ありがとう、ございます。私、ずっと苦しくて」

気がつけば、涙が頬を伝っていた。

「聞いてもらえてよかったです」

鬼束に打ち明けたことで、桜花は心につかえていたものが取れて、心がずいぶん軽くなった気がした。

桜花が泣いていると、月影は温かい紅茶を淹れてくれた。

「桜花さん、こちらをどうぞ」

美しいティーカップを取り、そっと口をつける。

昨日の紅茶とは、少しだけ違う味がした。

だけど月影の紅茶は、とてもおいしい。

「昨日とは、少し違う味がします」

そう呟くと、月影は笑顔で言った。

「ええ。桜花さんが、笑顔になれるような紅茶を淹れました」

それを聞いた桜花は、ふわりと微笑む。

「ありがとうございます」

「大丈夫ですよ。この紅茶を飲み終わる頃には、すべてがよくなっていますから」

鬼束はうさんくさそうな表情で月影を眺めていた。

「その話を聞いて思ったのですが。桜花さんがケガをするようになったのは、もしかして、お兄様がいなくなってからのことではないですか？」

桜花はカップをテーブルに置き、改めて考える。

「……確かに、言われてみればそうかもしれません」

それを聞いた鬼束は、確信を得たように目を光らせ、椅子から立ち上がる。

「じゃあ、決まりだ。悪いな、桜花」

「えっ？」

鬼束は突然拳を振り上げ、桜花に殴りかかろうとする。

「ひゃっ！」

桜花は何が起こったのか把握できず、彼の手を避けられずに硬直していた。

どうして、と疑問を口にする時間もなかった。

——殴られる！

そう思ってぎゅっと目をつぶった瞬間。

まるで何かが爆発したようなすさまじい衝撃が、店の中に走った。

店のフロントにあるガラスがビリビリと振動し、棚に飾ってあった小さな皿が落下する。

そして——巨大な何かが、桜花の代わりに鬼束の拳を受け止めた。

鬼束も警戒するように、その何かを睨みつけた。

「ようやく姿を見せていただけましたね」

月影はこの場にいた誰よりも早く、その存在を目視していたようだ。

彼が見ている方向へ顔を向け、ようやく桜花と鬼束もその存在を認識する。

突如として店内に現れたのは、人間ほどの大きさがある、巨大な……

「猫さん、ですか？」

そう、猫だった。

しかし普通の猫ではない。

何しろ大きい。とにかく大きい。

遊園地で出会う着ぐるみよりも、さらにひと回りくらい大きい。体長は、二メートルくらいだろうか。

その上、二本の足で立っている。

おなかがふっくらとして、手も足も太くて、頑丈《がんじょう》そうだ。

灰色のトラ模様で、毛並みはふわふわとして、尻尾は二手に分かれていた。

顔つきはキリッとしている。

いつの間に二階から下りてきていたのか、白猫のシフォンがシャーッと威嚇し、毛を逆立てた。

巨大な猫に向かい合った月影は驚く様子もなく、落ち着いた声音で言った。

「ご来店ありがとうございます、猫神様。シャルマン・フレーズへようこそ」

桜花は驚いて、その名前を復唱した。

「猫神様……ですか？」

「はい。桜花さんがケガをしていたのは、この猫神様が原因です」

そう言われた猫神は、どことなく申し訳なさそうに眉尻を下げる。

桜花はどう言葉をかけていいものか迷いながら、質問した。

「猫神様、というと、やはり神様なのでしょうか？」

月影は冷静に質問に答える。

「そうです。日本には、昔からたくさんの神がいるとされています。八百万《やおよろず》の神、なども言いますね。そして人間の性格が多種多様なように、神様にも色々います。人間を慈《いつく》しんでいる神、人間を憎んでいる神、いたずら好きな神、怠け者の神など」

「色々いるのですね。知りませんでした」

「ええ。そしてこの神依代町はどういうわけか、最近神様が発生しやすい」

「神様が発生しやすい、ですか？」

聞いたこともない事象に、混乱した。

「人間の世界と、神の世界は、本来別の世界で、交わるものではありません。しかしこの神依代町は、どういうわけかその境界が薄いのです」

「境界が薄い……」

「はい。少し勘のいい方なら、誰でも神様を見ることができる場所なのです」

確かに、特別な霊能力などない桜花にも、今はハッキリと猫神の姿が見えている。

「そして〝洋菓子店シャルマン・フレーズ〟には、人間のお客様だけでなく、時折神様のお客様も現れます」

それを聞いた桜花は、浮かんだ疑問を口にする。

「神様が、ケーキを食べるんですか？」

「はい。神様も、おいしいものは好きなのです」

桜花はパチパチと拍手をした。

「鬼束君のケーキは、人間以外のお客様にも認められる味なのですね！」

そう褒めると、鬼束はまんざらでもなさそうに笑った。

月影は説明を続ける。

「また神様たちは、時折悪さをすることがあります」

桜花は目を丸くしてたずねる。

「神様なのに……ですか？」

「神様にも、色々いますからね。くすっと笑ってしまうようなほんの小さな悪戯から、未曾《みぞ》有《う》の天変地異まで様々ですが、放置しておくわけにはいきません。そういうトラブルが起きた場合にできる限り対処するのも、我々の仕事の一つなのです」

「そうだったんですか」

神様が実在していることすら知らなかった桜花は、ただただ感心するしかない。

鬼束はギロリと猫神を睨み、警戒しながら話を続ける。

「最初、桜花にケガが続くって話を聞いたときは、取り憑《つ》いてる何かが桜花に危害を加えようとしてると思ったんだ。だけど、おかしい話だろ？　だったら桜花はとっくに車に轢かれて、もっと大ケガしていても不思議じゃない」

桜花はこくこくと頷いた。

何しろ猫神はとても大きい。

本気で桜花に害を為そうとすれば、ひとたまりもないだろう。

わざわざ車の前に突き飛ばさなくても、あの立派な腕で叩かれるだけで、桜花はぺしゃんこになってしまいそうだ。

月影が話を引き継ぐ。

「そこで私たちは、猫神様が桜花さんを〝守ろうとしていた〟のではないかと考えたのです」

鬼束は気まずそうに付け加えた。

「だから、桜花が危ない目に遭《あ》わないと、出てこねえんじゃないかと思って。猫神は、ずっと桜花に見られないように、隠れていたみたいだからよ。殴るふりして、悪かったな」

「それで鬼束君、さっき私を殴るふりをしたんですね」

月影は穏やかな表情で猫神を見上げる。

「猫神様。どうして桜花さんを突き飛ばしたり転ばせたりしたのか、話していただけますか？」

猫神は申し訳なさそうにしゅんと頭《こうべ》を垂れ、二本の尻尾を揺らした。

「俺は元々、普通の猫だったんだ」

猫神の声は、想像以上に低くて渋いダンディなものだった。まるで古いテレビドラマの一シーンにありそうな、港で海を見ている男優の声のようだ。

「猫だった時代、俺はケガをして死にそうになってるところを、桜花と兄ちゃんに助けられたんだ」

そう言われた桜花は、記憶を辿《たど》ってみた。

おぼろげな記憶だったが、確かに結びつく出来事に、一つ思い当たった。

「そういえば、私が小学二年生くらいのときだったでしょうか。家の近くでケガをしている猫さんを拾って、兄と数日看病したことがありました」

「そうだ、俺はそのときの猫だ」

なんと。鶴の恩返しのような話だ。

「お前たちのおかげで、俺は元気になってな。その後寿命が来るまでは、自由気ままに暮らすことができた。ありがとな」

「いえいえ、当然のことをしたまでですから」

桜花はその猫を思い出して、思わず口元を緩めた。

あの猫は、やせていて毛艶も悪かった。

やがてケガが治った頃、猫は窓を開けたのと同時に、走って逃げだしてしまった。

無事にどこかで暮らしていることを願っていたが、まさかこれほど大きくなるとは。

「それで、俺は寿命で死んだ後、桜花と兄ちゃんになんとか恩返しができねえもんかって、強く願ってたんだ。それが原因かは分からんが、気がついたらこんな身体に生まれ変わってた」

「強く願うと、神様になれるのでしょうか」

猫神は難しい顔で首をひねった。

「俺にもよく分からん。とにかくでかくなったし、俺は桜花と兄ちゃんを捜した。そのときは、桜花たちの住んでいる家は変わってなかったから、幸い簡単に見つけることができた。それで、しばらく様子を見てたんだ。そうしたら、お前の兄ちゃん、事故にあっちまっただろ」

「はい……」

話している猫神も、悔しそうにひげをピクピクとさせる。

「俺、そのとき何もできなかったのが申し訳なくてな。兄ちゃんがいなくなったみたいだから、せめて桜花には何か恩返ししないとと思って、しばらく取り憑いてみたんだ」

鬼束は猫神を問いただす。

「恩返しのために取り憑いたって言うなら、どうして桜花はケガをしたんだ？」

猫神ははしばみ色の瞳で、桜花を見下ろした。

「桜花はけっこうぼーっとしてるから、ふらふら歩いて車に轢かれそうになったり、階段から落ちそうになってたりすることが多くてな。危なっかしい」

「あっ、もしかして、昨日歩道で私を突き飛ばしたのも、猫神さんが車に轢かれそうになっていた私を逆に助けてくれたんですか？」

猫神はそれを肯定するように、真ん丸な首を揺らす。

「ああ、もうちょっと力加減ができたらよかったんだけどな。なにせ神になったらこんなにデカイ図体になっちまって、軽く引っ張っただけでもお前が吹っ飛ぶから、申し訳ねえと思ってたところだ」

つまり今までのことは、全部猫神が桜花を助けようとしてやってくれたことだった。

桜花が転びそうになったり、ぶつかりそうになったりしたときに、猫神は彼女を守った。だが力加減ができず、かえって桜花はケガだらけになってしまったということらしい。

猫神は反省したように頭を下げる。

「すまねえな、余計なことしちまったか」

桜花はほわりと微笑んで、猫神の手を握った。

「そんなことありません。猫神さんのお気持ち、嬉しいです。ありがとうございました」

「よせよ、俺は昔されたことをそのまま返しただけだ」

猫神の長い尻尾が、ふにゃふにゃと横に揺れている。どうやら照れているようだ。

猫神は尖った爪で頬をかいて言う。

「猫好きなやつは、放っておけねえからな」

猫神は桜花と鬼束に向かって、ニヤリと微笑みかけた。

「事情が分かったことですし、せっかくだから、ケーキを食べていってください。猫神様」

月影にそう言われ、猫神は目を輝かせる。

「本当か⁉　ここに来たときから、いい匂いがすると思ってたんだ」

「もちろんです」

猫神は、大きな身体で器用に椅子に腰かける。その体積からして椅子が潰れてしまいそうだったけれど、不思議と軋《きし》むことさえなかった。

神様の重さというのは、どのくらいなのか。桜花は不思議に思った。

月影は、猫神にアップルパイがのった皿を差し出す。

「どうぞ」

猫神は大きな手で小さなフォークを握り、ぱくりと一口でアップルパイを食べてしまった。

そして満足そうに目を細める。

「ああ、うまいな。俺が桜花たちに助けられた後、俺はあるばあさんに拾われて、青森で暮らしていたんだ」

桜花はその言葉にパチパチと瞬きした。

「青森ですか！」

「そうだ。ばあさんは、リンゴ農園を持っててな。俺はいつも、ばあさんがせっせとリンゴを収穫するのを家の縁側で見ていた。ばあさんも、たまにアップルパイを作っていてな。俺は猫だからかもらえなかったが、それを食べる孫たちがうまそうな顔をしてて、いつか食べてみたいと思ってたんだ。こんな味だったんだな」

アップルパイを平らげた猫神は、幸せそうに目を細め、ゴロゴロと喉を鳴らした。

「ああ、本当にうまいなあ。こんなに甘くて頬が落ちそうな食い物は、初めて食べた」

桜花は「普通の猫はケーキを食べられないけれど、神様になると大丈夫なんだなあ」と、変なところで感心してしまう。

猫神は立ち上がると、ふらふらと店の外へ出ていこうとした。

桜花はそんな猫神を引き止めた。

「猫神さんっ！」

猫神の二本の尻尾が、ふわんと揺れる。

「ありがとうございました、助けてくださって！」

それを聞いた猫神はニヒルに笑うと、軽く手を上げる。

「おう！　また困ったら、いつでも呼べよ。今度はもっとちゃんと、力になるからよ」

桜花はいつまでも、大きな後ろ姿に向かって手を振り続けた。


猫神が立ち去った後、桜花は月影にたずねてみる。

「猫神さんは、いなくなってしまったんですか？」

心配そうに問いかける彼女を安心させるように、月影はやわらかい声で答える。

「いえ、これからも桜花さんを見守ってくれるのではないですか？　おそらくこの近くで暮らしているのでしょう。そのうちまた、うちにもふらりと現れるはずです」

桜花はほっと胸をなで下ろす。

「よかった、また会えるんですね」

「ええ、もちろんです」

月影は優しくそう言った後、突然厳しい表情に変わる。

「しかし、問題なのはあなたの方です、桜花さん」

桜花はパチパチと瞳を瞬かせた。

「私が問題、ですか？」

「はい。今まで、シャルマン・フレーズに神様が訪れることを知っているのは、私と坊ちゃまだけでした。しかし、桜花さんはその秘密を知ってしまいました」

鬼束は怒ったような表情で付け加える。

「それに俺が、ここでケーキを作っていることもな」

「それって、秘密なんですか？」

「決まってるだろうが！」

「ひゃっ⁉」

「大学でも口止めしただろうが」

「いえ、それは覚えていますが、どうしてなのでしょうと」

鬼束は桜花の目前に詰め寄って叫んだ。

「考えてみろよ！　俺みたいな、普段は自分が築いた死体の上で寝てるとか言われてる人間が……」

桜花はきょとんとしながらたずねた。

「鬼束君は、普段死体の上で寝ているのですか？」

ずれた質問に、鬼束は深い溜め息をつく。

「そんなわけないだろ。入学早々、大学の先輩三人をぶん殴って停学になったから、そうやって好き勝手噂されているだけだ」

そのとき桜花は、初めて鬼束が停学になった理由を知った。

（先輩を殴るのは、いけないことですが……）

桜花が鬼束ときちんと知り合ってまだ数日だが、彼が理由もなく暴力をふるう人間だとはとても思えなかった。

（きっと何か、事情があったのですね）

鬼束は話を続ける。

「とにかくそんな俺が、うきうきしながらケーキを作ってるって周囲に知られたら、どう思うんだよ⁉」

桜花はまだその姿を見たことがないけれど、鬼束がケーキを作るところを必死に思い浮かべてみる。

きっと鬼束は、大好きなケーキを作るとき、いつもより鋭い眼差しなのだろう。そして真剣に、まっすぐにケーキに向かい合っているのだ。その姿は、きっと……

桜花は両手を合わせ、瞳をキラキラ輝かせながら言った。

「えっと……素敵だなって、思うんじゃないでしょうか？　皆さんも、鬼束君がケーキを作っているのを知ったら、そのケーキを食べたいなって、思うのではないかと！」

心からの意見だった。

だからこそ、それを聞いて月影が声をたてて笑っているのと、鬼束が呆れた表情をしている理由が分からない。

月影は嬉しそうに呟いた。

「ふふ、やはり見込み通りのお嬢さんだ」

鬼束は大きな掌で顔を覆い、再度深い溜め息をつく。

「ったく、他の人間がお前くらいおめでたかったらいいんだけどな」

おかしなことを言ってしまったのだろうか。

「えっと？　あ、でも、とにかく神様のことは、私が知ってはいけないことだったんですね？　どうしましょう。あっ、あの、でも私、月影さんと鬼束君が嫌なら、誰にも話しません！」

月影は目を細め、それこそ猫のようににやりと微笑む。

「いえ、秘密を守ってもらうのに、もっといい方法があります。それは、桜花さんにシャルマン・フレーズの従業員として、働いてもらうことです」

「……えっ？」

鬼束は、不機嫌そうに言葉を挟む。

「おい月影、本当にこいつを雇うつもりなのかよ？」

「はい、もちろんです」

鬼束は不服そうに低い声で言う。

「賛成できねえな」

その言葉に、桜花は自分の足元を見つめた。

鬼束の意見はもっともだ。

お菓子作りに関してはまったくの素人だし、ましてや神様のことなんてさらに分からない。

(鬼束君に、迷惑だと思われて当然ですね)

だが、月影は続ける。

「しかし坊ちゃま。桜花さんは今、お兄様がいなくなり、生活する場所がなくなることで困ってらっしゃいます。そうでしょう？」

「あ、はい。あの、大学に入学する前に、兄が物件を探して、契約までしてくれたんです。でもそのアパートが、急な耐震工事で改装することになりまして」

それを聞いた鬼束は声を荒らげた。

「はあ⁉　大変じゃねーか！」

「連絡ミスがあったらしく、私、直前まで知らなくて。それでとにかく、事情が事情のため日程を延ばすのも難しく、今月いっぱいで退去してほしいと言われたのです。けれど新しい場所を探すにしても、兄もいませんし、保証人がいないと契約もできなくて」

「今月いっぱいって、あまりにも急すぎるだろ」

「だから私、住み込みの仕事を探して、シャルマン・フレーズのお隣の蕎麦屋さんの面接に行ったのですが」

鬼束は隣の店に目をやって言う。

「ああ、あそこの一家、突然夜逃げしちまったもんな。じゃあお前どうするんだ？　親とか、親戚は？」

その問いに、桜花はふるふると首を横に振った。

「私と兄は、そういうの、いなくて。ずっと二人きりだったんです」

鬼束は険しい表情をさらに険しくする。

「友だちの家とか」

一番に思いついたのは、親友の京子だった。しかし京子の家には、小さな弟妹もいる。いつまでお世話になるかも分からないのに、頼ることはできない。

「言えません、そんなの。話したら、きっとすごく心配をかけてしまいます」

月影は満足そうに手を叩いた。

「それならもう決まりですね。桜花さん、この店で住み込みで働いてください」

「えっ⁉」

「どっちみち、住み込みで働きながら暮らせる場所を探すおつもりだったのでしょう？」

「は、はい、それはその、そうですが……」

「それならいいではありませんか。ケーキはお嫌いですか？」

桜花はぶんぶんと首を横に振る。

「いえ、そんなことないです！　大好きです！」

「よかった」

「だけど、そんなの悪いです！　ご迷惑になります！」

「迷惑なんてとんでもない。今この店には二人しかいないので、新しく人を雇おうという話を坊ちゃまとしていたんです」

「私、不器用ですし、お菓子作りのことは全然分かりませんよ？」

そこで桜花はふと浮かんだ疑問を口にする。

「このお店は、鬼束君のお家のお店なんですよね？」

「そうです。一応便宜上、坊ちゃまはアルバイトということになっていますがね。この店は、坊ちゃまのものです」

鬼束は店を見回しながら言う。

「親父の店なんだ。俺がケーキが好きだって言うのを知って、それなら好きにしろってことで、作ったみたいだけど」

「ほわあ、すごいですね」

好きだと言っただけで店が建つなんて、スケールが違う。

（執事さんがいるというお家ですし、坊ちゃまですし、鬼束君はもしかして、すごくお金持ちなのでは？）

桜花がそんなことを考えていたら、鬼束がお店のことを補足する。

「資格とかは、大抵月影が持ってる。だから自由にやってる。開いてる時間も夕方からで、不定期だし、置いてる品数も少ないけどな」

月影は笑顔だが、譲らない口調でたたみかける。

「新しい家が決まるまでの間、短期間でもいいんですよ」

「でも、そんなの、申し訳なくて……」

桜花が戸惑っていると、月影はさらに提案する。

「それでは手の空いたとき、鬼束家の屋敷の掃除もしていただきましょうか」

「屋敷、ですか？」

そう言われ、桜花はこの町の丘の上に昔からある、大きくて立派なお屋敷を思い浮かべる。

確かあのお屋敷は、歴史ある旧家のものだという噂だ。周囲の子供たちからは、鬼束屋敷と呼ばれていて……

「あっ、あの丘の上の鬼束さんは、鬼束君のことだったのですね！」

「はい、坊ちゃまは鬼束家の長男なのです」

「ああ、だから坊ちゃまなんですね！」

「その呼び方はやめろって言ってんだろうが！」

「ちょうど屋敷でメイドをしていた女性が、今月いっぱいで妊娠を機に辞めてしまうのです。そちらの手伝いもあわせてしていただいて、代わりにこの店に住む権利、それに朝夜の食事もつけます。もちろん、生活に必要でしょうから、多少のお給料もお支払いしますよ。いかがでしょうか？」

桜花は二人の顔を見つめながら、胸がいっぱいになって、言葉に詰まる。

「信じられません……。こんなによくしていただいて、いいんでしょうか？　あの、でも、鬼束君は、私がいるとご迷惑では？」

鬼束はガリガリ頭をかきつつ、ぶっきらぼうに言う。

「別に、迷惑なんて一言も言ってないだろ。ただ菓子作りって、イメージと違って意外と重労働だし、大学も忙しいだろうし、その、なんだ」

月影が鬼束の心を読んだように補足する。

「坊ちゃまは、桜花さんのことが心配で反対していたのですよね？」

そう言われた鬼束は、むすっとした顔で黙り込む。

「だから桜花さん、ぜひシャルマン・フレーズで働いてください」

照れくさそうな様子の鬼束をくすぐったい気持ちで見つめながら、桜花は満面の笑みで言った。

「はい、よろしくお願いします！」

□

洋菓子店シャルマン・フレーズに住むことになった桜花は、階段を上り、二階に案内された。

「上の階が居住スペースになっているんですね」

「そうだ」

二階には、ほとんどものがないがらんとした部屋があった。

「いつもは俺が使ってる部屋だけど、とりあえず今日はここで寝てくれ。仮眠用のベッドと布団はある。トイレとシャワーも隣にある。それから、廊下を渡ったらダイニングとキッチン。小さいけどな」

「はい！」

「隣の部屋を桜花の部屋にするから、家具とか、暇なときに業者に頼んで運んでもらえ。夏になる前にはエアコンもつけた方がいいな。あと他に必要なものとかあったら、言えよ。一人で運ぶのが難しかったら、月影が車出してくれるだろうし」

「は、はい。あの、このお部屋は、鬼束君の部屋なんですよね？　お借りしてもいいのですか？」

そうたずねると、鬼束は勢いよく言う。

「言っとくけど、別に汚くねーからな⁉　今シーツも代えたし！　たまに家まで帰るのが面倒なときに寝るだけだから。俺が使った家具が嫌なら、うちの実家の客室に泊まってもいいけど」

「いえ、そういうことを言っているわけでは！　むしろ、鬼束君のお部屋なのに申し訳ないです」

「そこは気にするな。桜花の家具を運ぶまでの、数日の間だけだし」

桜花は後ろに立っていた月影に問いかけた。

「月影さんは、ここには住んでいないのですね？」

「はい。私はシャルマン・フレーズが開店している日は、鬼束家からここに通っています」

「なるほど」

月影は二人を眺め、少し後ろでくすくす笑っている。

鬼束は彼を睨みつけた。

「月影、お前何笑ってるんだ？」

「いえ、微笑ましいなと思いまして。桜花さんがいれば、坊ちゃまにとっていい変化になりそうですね」

桜花はにこにこしながら彼らの優しさを噛みしめる。

「本当に、月影さんも鬼束君も、とっても優しい方です。なんとお礼を言ったらいいのでしょう」

「とにかく、うちの店員ってことなら、ビシバシしごくからなっ！」

「はいっ、よろしくお願いします！」

月影は目を細め、こそりと桜花に耳打ちをする。

「もし坊ちゃまに襲われそうになったら、すぐに言ってください。厳しくしつけますので」

「襲う……?」

鬼束は月影に向かって吠える。

「バッ、しっねーよ、そんなことは！　バカじゃねえのか！」

「坊ちゃま、言葉遣いが悪いですよ」

「いでででで」

月影は鬼束の耳をぎゅうぎゅうと引っ張る。

二人の仲のいい様子が伝わってきて、桜花は声をたてて笑ってしまった。

すると鬼束は、珍しくくしゃりと相好《そうごう》を崩して笑う。

本当に心を開いた相手にだけ見せるような、子供みたいな笑みだ。

鬼束に笑顔を向けられ、桜花はどうしてか心臓がきゅっと苦しくなった。

「とにかく、色々あってお前も大変だっただろ。そうやって笑ってろよ。お前が元気にしてた方が、天国にいる兄ちゃんも喜ぶだろうしな」

桜花はやわらかくそう言ってくれる鬼束の言葉に頷きかけ……

はて、と首を傾げる。

「……あのう、天国とは？」

鬼束は言いづらそうに、眉を寄せる。

「いや、天国っつうか……。事故でその、死んだんだろ、お前の兄貴？」

桜花は驚いて、慌ててそれを否定する。

「いえ、あの、兄は事故にあって骨折はしましたが、幸い一ヶ月くらいで回復しました！」

鬼束が目を見開いて叫ぶ。

「はあああああ⁉　おい月影、桜花はたった一人の身寄りをなくし、住むところもなくなって路頭に迷ってるつっただろ⁉　それに兄貴は、空の向こうへ旅立ったとか言ってたよな⁉」

桜花はその言葉にこくこく頷く。

「はい、退院後、兄は仕事の都合で海外に転勤予定でしたので、飛行機に乗って空の向こうへ旅立って、今はアメリカにいます。あ、でももうイタリアでしょうか。この前まで中国にも行くと言っていたんですけど。世界中を飛び回っていて、なかなか連絡がつかなくて」

「ちょっ、聞いた話と違うじゃねーか！」

桜花は動揺しながら答える。

「あ、あれ？　手続きに時間がかかりますが、そのうち戻ってくるはずですって、お伝えしませんでしたか？」

鬼束が月影を問い詰めようとすると、月影はいつの間にか桜花たちからずいぶん離れた場所にいた。

階段を下り、一番下の段から振り返る。

「ええ、確かに私はうかがいましたよ。桜花さんのお兄様が海外でお仕事をすることになったと。おや、坊ちゃまにはお伝えしていませんでしたか？　それは失礼しました。最近、物忘れが激しくて」

そう言って、高らかに笑う。

鬼束は怒りを爆発させるように、大声で叫んだ。

「月影ぇ！」

洋菓子店シャルマン・フレーズには、鬼束の叫び声と月影の楽しげな笑い声が、いつまでも響いていた。

第二話　シュークリームはどこへ消えた？

最近、親友の桜花の様子がおかしい。

湯包《ゆづつみ》京子は、ずっとそのことが気にかかって、もやもやし続けていた。

（桜花のことだから、きっとあたしに迷惑をかけないよう、事情を隠しているんだろうけど。ハッキリ言ってバレバレだし、あたしには話してほしいのに）

決心を固めた京子は、ある日の夕方、大学の構内を歩きながら、桜花に真剣に問いかけた。

「ねえ桜花。明日、桜花の家に遊びに行っていい？」

すると、桜花は焦った様子で言葉を返す。

「珍しいですね」

「一人暮らしをはじめたんでしょ？　まだ新居に行ったことなかったし、一度見てみたいなって」

すると桜花は「確認を取るから、一日待ってほしい」と答えた。

(確認って、誰になんの確認を取るのかしら……)

疑問に思ったが、京子はそれを了承した。

そして翌日の夕方。

京子は桜花から、予想外の説明を受ける。

「あのですね……京子ちゃん……実は……」

そうして京子は、桜花にどんなことが起こり、どのような顛末《てんまつ》を辿り、今現在どこに住み、どのような生活を送っているかを知ることになる。

桜花の兄が、仕事で海外に行ったことは知っていた。

しかし、契約したアパートが急な耐震工事をするため、桜花が出ていくことになったことは知らなかった。

そしてなんと、同じ大学に通う鬼束が働いている店に、居候《いそうろう》していると言う。

「鬼束の家にいるですって⁉」

「あ、えっと、家といいますか、お店なんです。シャルマン・フレーズという、洋菓子屋さんで」

京子は記憶を辿るように顔をしかめる。

「名前は聞いたことあるわね。入ったことはないけど、大学からけっこう近くて、おしゃれでかわいらしいお店だった気が」

「そうなんです！」

最初にそれを聞いたとき、京子は開いた口がふさがらなかった。

（どうしてよりによって鬼束なの⁉）

あの「暴れ鬼」と名高く、素行が悪いという噂しか聞かない鬼束。

人相のすこぶる悪い鬼束。

京子は人を外見だけで判断し、ここぞこそ噂する人間は嫌いだ。

しかし鬼束は、噂だけでなく、実際入学したばかりのとき、先輩を殴って停学になっていた。

間違いなく、絶対にかかわってはいけない人物だ。

事実、京子の友人も「ねえ、京子と仲のいい綾辻さんって子、鬼束と知り合いなの？　最近よく一緒にいるって噂なんだけど……。脅されてたりしない？」と心配そうに聞いてきた。

そんな鬼束の店に桜花が住んでいると聞いて、当然捨て置けるわけがなかった。

「どうしてもっと早く言ってくれなかったのよ！　家探しだって、あたしも協力したのに！」

事情を説明した後、桜花は申し訳なさそうに頭を下げた。

「ずっと言おうと思っていたんですが、京子ちゃんに心配をかけたくなくて。ごめんなさい、京子ちゃん」

桜花に謝られると、それ以上責められない。

むしろ、幼い頃からの親友がそこまで困っているにもかかわらず、そのことに気づけなかった——いや、薄々何かを隠しているとは感づいていたけれど、それでもツッコんで話を聞くことができなかった自分にがっかりした。

とはいえ、過ぎてしまったことを、いつまでもぐちぐち悔やんでいても仕方がない。

昨日に後悔があるのなら、今日という日は最善を尽くさなければ。

というわけで京子は、今日こそ桜花に忍び寄る魔の手の正体を突き止めてやろうと、鼻息を荒くした。

(決めた。桜花の親友として、鬼束のことを徹底的に調査する！　桜花はお人よしだから、鬼束に騙《だま》されているのかもしれない。もしそうなら、絶対にあたしが守ってあげないと)

そんな熱い決意を胸にし、京子は桜花に問いかけた。

「ねえ桜花、鬼束がやってるっていうケーキ屋さん、あたしも行ってみたいな」

すると、パッと桜花の表情が華やぐ。

「わあ、本当ですか⁉　私はお店のお手伝いがありますが、ぜひ来てくださいっ！　鬼束君のケーキ、とってもとってもおいしいんです！　京子ちゃんも食べたら、きっと鬼束君のケーキの大ファンになると思いますっ！」

無邪気に喜ぶ桜花を見て多少心苦しくなりながらも、京子は桜花がそんなにおいしいと褒めるのだったら、素直にそのケーキを食べてみたいなとも思った。

やはり女子だから、かわいくて甘いお菓子には目がないのだ。

「へえ、そんなにおいしいの？」

桜花は屈託ない表情でにこにこ笑いつつ、話を続ける。

「はいっ。特に最近のおすすめは、新商品の苺のシュークリームです！」

「シュークリーム？」

「はいっ！　鬼束君、ずっとシューの部分が納得がいかなかったみたいで、なかなか商品化しなかったんです。私は味見をしていて、どれもおいしいと思ったんですけど」

「ふうん……。でも商品化したってことは、納得のいくシュークリームが完成したってことよね？」

「そうなんです！　外の皮はパリッとしていてサクサクで、中の生クリームはとろりと舌の上でとろけて、カスタードクリームがふんわりと優しい甘さなのです！　なめらかなクリームは、食べているうちに、魔法みたいにふわっと消えてしまうんです。それがまるで、夢のようにおいしいんです！」

話しながらもシュークリームを食べたときのことを思い出しているのか、桜花はうっとりと目をつぶっている。

その様子を見た京子は、シュークリームが食べたくてたまらなくなった。

「そうなんだ。じゃあ今日の帰りにシュークリーム、そこで食べて帰ろうかな」

「はいっ！　お店に座って食べられる席があるので、ぜひそうしましょう！」

「おい桜花。親友一人だけになら、特別に話してもいいとは言ったけどよ、お前、なに同じ大学のやつを連れてきてるんだよ」

店に着いたと同時に、開口一番言われたのはその言葉だった。

大学から徒歩数分。シャルマン・フレーズは、思ったよりもずっと近かった。

京子は白いコックコートを着ている鬼束をまじまじと見つめる。

（本当に、あの鬼束がいるなんて……。それにケーキを作っているなんて、意外。まあそもそも、鬼束という人間に興味を持ったことがなかったから、知らなくて当然だけど）

店に入った途端、京子は鬼束に向かって吠えた。

たとえ相手が凶悪な鬼であろうと、気持ちの上で負けてはならない。

「どうも、桜花の親友の湯包京子です！　同じ講義のときもあるけど、どうせ覚えてないでしょ？　あなた、桜花に変なことしてないでしょうね⁉」

□

学生の顔をあまり覚えていない鬼束でも、さすがに目立つ人間の顔は覚えていた。

湯包京子は運動系のサークルに複数所属し、様々な場面で見かける。運動全般が得意らしく、活躍しているようだ。

賑《にぎ》やかで明るいグループの人間とも親しいらしく、鬼束もなんとなく、彼女の存在を把握していた。

面倒だと感じた鬼束は、桜花を厨房に呼び寄せる。

「あいつ、どういうつもりだ？」

接客用のブラウスとエプロン姿に着替え終わった桜花は、鬼束に壁際に追いつめられつつ、困ったように眉尻を下げる。

「ごめんなさい鬼束君、京子ちゃんは私の親友で、黙っているのは心苦しくて。事情を説明しました」

「いや、それは事前に聞いてたからいいけどよ。あいつ、べらべら他のやつに話さねーだろうな？」

「それは大丈夫です！　京子ちゃんは、とっても口が堅い人ですから！」

鬼束はじっとりとした目つきで桜花を見つめる。

「信用ならねえなあ。女なんて、秘密の話だっつっても、次の日には拡散されてるじゃねーか」

「そんなことないですよ。それにどうしてもどうしても、京子ちゃんに鬼束君の作ったシュークリームを食べさせてあげたかったんです！」

「お前、そうやってなんとかちゃんだけ、なんとかちゃんだけーっつって、そのうち何人もここに連れてきたりしないだろうな？」

「本当に大丈夫です、京子ちゃんにしか話しませんから！」

桜花は純粋な気持ちで鬼束に自分の思いを語る。

「鬼束君のシュークリームがとってもおいしかったので、ぜひ京子ちゃんにも食べてほしかったんです！」

それを聞いた途端、鬼束はだいぶ醜悪な表情になったが、凶悪犯罪の計画を企てているわけではない。不覚にもにやけてしまいそうになるのを堪えているだけだ。

鬼束は自分の作ったお菓子を褒められるのに、だいぶ弱い。

「そ、そんなにうまいか、あのシュークリーム？」

桜花の瞳が、キラキラと星をちりばめたようにきらめく。

「はいっ、もちろんです！　鬼束君が努力して完成させた至高のシュークリームを、どうしても京子ちゃんに食べてもらいたくて！」

鬼束の口元がぐにゃりと歪んでいるが、苦虫を噛みつぶしているのではない。微笑みを我慢しているのだ。

「そっ、そうか。まあ焼き菓子はやっぱり焼きたてを食うのが、一番うまいからな」

「はいっ、焼きたてのシュークリームを食べてほしいんです！　鬼束君のシュークリームは、絶品なので！　世界一なので！」

そこまで言われると、鼻歌を歌い出してしまいたくなる。

「ったく、しょうがねーなー。俺は嫌なんだけどなー。今回だけだかんな？」

などと言いつつ、鬼束はうきうきした足取りで冷蔵庫を開き、シュークリーム作りを開始する。

□

表に一人取り残され、ハラハラしていた京子は、カウンターに身を乗り出して鋭い声で注意した。

「ちょっと鬼束、桜花を苛《いじ》めてるんじゃないでしょうね⁉」

「ああ？」

厨房の奥からギロリと鋭い眼光を向けられると、気の強い京子も思わずひっと後ずさった。まるで獣、手負いの狼のようだ。しかし臆してはいけない、と京子は胸を張って言葉を続ける。

「こんなにかわいい桜花を住み込みで働かせるなんて、夜中にいかがわしいことをしてるんじゃないでしょうね？　何かしたら、絶対に許さないんだから！」

「するか、ボケが！」

鬼束に一喝され、京子はびくっと震え上がった。

そして表に戻ってきた桜花に、ヒソヒソと耳打ちする。

「桜花、怖いよーあれ。ヤンキーじゃないの？」

「鬼束君はとっても親切な方ですよ！」

それを聞いた京子は、むーっと口を尖らせる。

桜花にかかれば、どんな悪人だって大抵は親切で素敵な方になってしまう。だからこそ、心配なのだ。

しかし、桜花が着ているブラウスとエプロンを見た途端、京子は上機嫌になった。

「きゃあ、かわいい！　ねえ桜花、それってこの店の制服？」

「はい、用意してもらったのです。働いているときは、この服です」

「いいねいいね、ケーキ屋さんって感じ！　ねえねえ、写真撮ってもいい？」

そう言うと、桜花は照れくさそうに笑った。

「はい。せっかくなので、京子ちゃんも一緒に撮りましょう」

京子はスマートフォンの画面を押し、シャッターを切る。

それから店の中を観察した。

外装はオシャレだし、置いてあるケーキもとてもおいしそうだ。

（正直、文句の付けどころがないわね）

京子もそこは素直に認めた。

「京子ちゃん、こちらの席へどうぞ！」

「あ、うん」

窓際の、アンティーク風のかわいらしい椅子とテーブルの席に案内される。

桜花は京子の席の向かいに座った。

「他のお客様が来るまでの間、休憩をいただきました。京子ちゃんと話していてもいいそうです」

「へえ、鬼束、意外といいとこあるじゃん」

どうやら、客の出入りは落ち着いているようだ。

京子たちの他に、客が来る様子はない。

(隠れた名店って感じなのかしら)

そんなことを考えていると、音も立てずにどこからともなく月影が現れる。

今日も相変わらず、闇に溶けるような漆黒の燕尾服だ。

「おや、これはこれはかわいらしいお客様ですね。桜花さんのご友人ですか？」

「はいっ、親友の京子ちゃんです！」

月影の姿を見た瞬間、京子の顔がぽーっと赤く染まる。

月影に見とれていた京子は、はっとして自己紹介をした。

「初めまして、湯包京子です。桜花の友人です」

月影は目を細め、折り目正しくお辞儀した。

「申し遅れました。坊ちゃまの執事の月影と申します。桜花さんのご友人なのですね。ゆっくりしていってくださいませ」

「は、はい」

にこりと笑って去っていく月影を見ながら、京子は桜花の手を握ってぶんぶん振った。

「ちょっと桜花、あのイケメン何⁉　坊ちゃまとか言ってたけど」

「鬼束君の執事の、月影さんです」

「うわー、めっちゃかっこいいじゃん！　握手してもらえばよかった！　細いししなやかだし、紳士的だし上品だし！　ていうか、執事って実在するんだ⁉」

「月影さんは素敵ですよね。私も本物の執事さんを初めて見ました！」

そんな話をしていると、月影が紅茶を運んでくる。

ティーカップからは、芳醇《ほうじゅん》な香りが広がっている。

「あれ、注文してないですけど」

京子がそう問うと、月影はいたずらっぽく目配せした。

「この紅茶はサービスです」

「えっ、でも……いいんですか？」

「はい。桜花さんのご友人に会えて、私も嬉しいんです」

「ありがとうございます」

「どうぞ、ごゆっくり」

月影は頭を下げ、厨房に戻っていった。

紅茶を飲みながら、京子は感心したように呟く。

「すごい、上品な香り。こんなにきちんとした紅茶って、久しぶりに飲んだわ」

「月影さんの紅茶、おいしいですよね」

「うん。しかし鬼束がお坊ちゃまって噂、本当だったのね」

「はい、鬼束君のお家は、とっても大きなお屋敷なのです」

「ふうん」

鬼束はいいところのお坊ちゃんなのでは、という噂は、一部の学生の間で広まっていた。大富豪だとか、極道だとか、違法な商売をしている組織だとか、尾ひれのついたものもたくさんあった。

それが事実であろうが嘘であろうが、京子は別に興味もなかったが、親友の桜花が関わってくるなら話は別だ。

「月影さんもいるなら、どうやら桜花に危険はなさそうね」

京子がそう言うと、桜花はクスクスと笑った。

「本当に、危ないことなんてないですよ。あっそうだ、シュークリームを持ってきますね。そろそろ完成すると思いますので！」

京子はそれを聞いて、俄然《がぜん》わくわくした。

シュークリームの話を聞いてから現在に至るまで、ずっとシュークリームのことで頭がいっぱいだった。

桜花があんなに褒めるのだ。絶対おいしいに決まってる。

「さあ、かかってきなさいシュークリーム！　言っとくけど、あたしはダイエット中よ！」

「京子ちゃんは、ダイエットなんて必要ないですよ」

京子は満面の笑みで桜花の頭を撫でる。

「よしよし、今日も桜花は世界一かわいいぞー！」

□

厨房でその声を聞いた鬼束は、深い溜め息をついた。

「アホか、あいつら」

昔から、女同士で互いのことを褒め合うあの文化は理解不能だ。

「仲良きことは美しきことですよ」

近くに佇んでいる月影は、微笑ましそうに桜花と京子の姿を見守っている。

鬼束は心底どうでもいいと思いながらミトンを手にし、オーブンを開いた。

シューは今日もいい焼き上がりだ。

あとは粗熱をとるため、少し置いておく。


「よし、そろそろいいな」

生地が冷めたのを確認すると、そのサクサクの生地の間にクリームを流し込み、間に苺を挟んで、シュークリームの上に真っ白な粉砂糖を振りかける。

これで、鬼束が試行錯誤したシュークリームの完成だ。

パイ生地の材料の配合やクリームの甘さなど、何度も調整した。その分、自信作に仕上がった。

客が来る前に、他のケーキも仕上げをしてしまおう。

シャルマン・フレーズは、一日に数人の客が来るか来ないかの店だ。ケーキもそんなに個数を作る必要はない。

「今日は各ケーキ二個ずつくらい作っておくか」

作ったばかりのケーキに飾りつけをし、どの配置に並べようと考え、シュークリームを置いていたトレイに目をやった鬼束は、硬直した。

「……おい月影、ここにあったシュークリーム、いじったか？」

問いかけると、少し離れた場所から声が返ってくる。

「いえ？　私は食器を磨いていましたので」

言葉通り、月影は食器棚の近くで銀食器を磨いていた。

月影の磨いたフォークやスプーンは、曇り一つなくピカピカに輝いている。

では、この事態は一体どういうことだ。

さっき作ったシュークリームは、八個。

桜花と京子の分が二つ、その他の六個は店に並べる分。もし売れ残ったら、月影に頼んで実家に持って帰ってもらおうと考えていた。

しかし、トレイに並んでいたはずのシュークリームは、すべて忽然《こつぜん》と姿を消していた。

シュークリームが消失したと聞きつけ、焦ったのはもちろん京子も同じだ。

「シュークリームが消えたあ⁉」

京子はもう完全にシュークリームを食べる口ができ上がっていた。

突然やっぱりなしとお預けを食らえば、苛立ちもひとしおだ。

「ちょっと、あたしのシュークリームはどこ⁉」

鬼束は店内を探してみる。

が、誰もさっきいた場所から動いていないのだ。

厨房にいたのはケーキを作っていた鬼束、そして食器を磨いていた月影。

桜花と京子は席に座って、紅茶を飲んでいた。

他の客はいない。

どこかへ消えるはずなどないのに。

「いや、さっきまであったんだよ。見ただろ、月影」

「はい、私も先ほどまでここにシュークリームが置いてあったのを、確かに目にしておりますが……」

鬼束と月影は困惑していた。

京子が鬼束に詰め寄る。

「どういうこと？　まさかあたしに嫌がらせしてるんじゃないでしょうね⁉」

「するかそんなこと！　どんな相手であろうが、うちに来たからにはお客様だ。むしろ食べてもらわないと俺が困る！」

鬼束の言葉に、嘘はないように見える。

京子はぽつりと呟いた。

「へえ、本当にケーキへの熱意は強いのね」

桜花は他に客のいない店内を、不思議そうに見渡した。

「他に誰かお客様がいらっしゃったならともかく、今は京子ちゃんと私、鬼束君と月影さんの四人しかいませんし……。一体シュークリームは、どこに消えてしまったのでしょう？」

鬼束は困ったように頭をかいて、京子に問いかけた。

「今からもう一度焼いてもいいけど、生地から全部作るとなると、一時間半はかかっちまう」

「悪いけどあたし、この後弟を習い事に送っていかないといけないのよ。そんなには待てないわ」

桜花は深々と頭を下げた。

「ごめんなさい、京子ちゃん。せっかく来ていただいたのに」

京子はぽんぽんと桜花の肩を叩いて笑う。

「桜花が謝る必要ないでしょ。それにいいよ、また明日来るから」

鬼束が嫌そうに仰《の》け反《ぞ》る。

「げっ、また明日も来るのかよ！」

京子は頬を膨らませて言った。

「何よ、悪いの⁉　あたしは客よ！」

そう言ってにじり寄ると、鬼束は少し照れくさそうな表情で、ぼそぼそと答えた。

「いや、悪かったな。明日はシュークリーム、湯包の分を作って置いておくから」

それを聞いた京子は、丸い目を見開いて呟く。

「鬼束って、見た目はそんなだけど、意外と不器用なんだね」

そう言われた鬼束は、どう反応していいか困っているようだ。

京子が去った後、鬼束は納得がいかない様子で、店のあちこちを探してみた。

「それにしても、シュークリームはどこに行っちまったんだろうな？」

棚の上やショーケースや冷蔵庫の中はもちろん、ゴミ箱の中や引き出しの中まで。

しかし、やはりシュークリームは見当たらない。

そもそも消える要素がないのだ。

シュークリームが消失したとき、店内には、四人しかいなかった。鬼束、月影、桜花、京子だけだ。

その中の誰かが犯人だとは考えにくい。

そもそも八個もあったシュークリームを、鬼束と月影に見つかることなく、なんの痕跡も残さず盗むことは難しいはずだ。バッグに直接詰め込んだとしたら、今頃そのバッグの中はクリームだらけだろう。

それなら、シュークリームはどこに消えたのか。

もやもやと考えながら鬼束が後片づけをしていたら、桜花が店の外へと歩いていくのが見えた。

「桜花、どうしたんだ？」

鬼束が声をかけると、桜花は戸惑い気味に微笑んだ。

「えっと、表に小さな女の子がいらっしゃったので、お客様かと思って声をかけに外に出たんですが」

鬼束は周囲をキョロキョロと見回す。

しかし店の表には、女の子はおろか、猫すらいない。

沈みかけの太陽が、町をオレンジ色に染めているだけだ。

「誰もいないぞ」

桜花も不思議そうに首を傾げ、うーんと呟いた。

「そう、ですよね。ガラス越しにこちらを覗いている、小さな女の子が見えたのですが……。気のせいでしょうか？」

鬼束はなんだかろくでもない予感がするな、と眉をひそめた。

翌日。

「ぜってえおかしい！　確かにこの箱に入れて、別に分けておいたんだよ！」

シャルマン・フレーズの店内には、叫び声をあげる鬼束と、悔しそうに地団駄《じだんだ》を踏む京子の姿があった。

「それならなんでないのよぉ〜！　あんたやっぱり、あたしにシュークリームを食べさせたくなくって隠しているんでしょ⁉　おいしいから、一人占めしようとしてるんでしょ⁉　そうでしょ⁉」

「ちげーよ！　もしそうだったら、そんな回りくどいことせずに、そのまま言うに決まってるだろ！　そもそも菓子を売らない洋菓子屋なんか存在する意味がないだろうが！」

二人が荒ぶってしまうのも無理はない。

なにせ、シュークリーム、二回目の消失。

しかも、今度は何個かなくなってもいいように、多めに十六個も焼いたのだ。

それなのに、一つもない。

いつの間にか、シュークリームは忽然と消えていた。

一度ならともかく、二度続くと偶然とは考えにくい。

京子はぐしゃぐしゃと頭をかきむしる。

「やだ、悔しい！　なんか食べられないって思うと、絶対食べたくなってきた！」

人間とは、すぐにそれが手に入ると思っているうちは大して興味を示さないのに、手に入らないと思うとどうしても欲しくなる生きものだ。

京子は足を組んで椅子に座り、腹を据えた声で言う。

「決めた！　あたし、今日はもう絶対シュークリームを食べる！　昨日話を聞いたときからずーっと頭の中が、完全にシュークリームになってるんだもん。鬼束、新しいの今から作ってよ！」

「いや、もしまたなくなったら、最初からそうするつもりだったけどよ。なんか命令されると、反抗したくなるな」

京子はパンパンと手を叩いて急《せ》かす。

「はいはい、動いて動いて。あたしはここでずっと待ってるから」

鬼束はぶつぶつ文句を言いつつも、シュークリームを再び作るため、厨房へと舞い戻る。

洋菓子作りは、肉体的に重労働かつ繊細《せんさい》な作業だ。

まず薄力粉を丁寧にふるっておく。

シュー生地を作るため、鍋に水とバターと牛乳と砂糖を入れて火にかける。

そこに手早く薄力粉を加え、木ベラでよく練り混ぜたら、溶いた卵を少しずつ混ぜながら様子を見る。

木ベラを持ち上げ、つやの出た生地がゆっくりと落ちていくのを確認する。このときの鬼束の顔はびっくりするほど真剣で恐ろしいが、幸い厨房には誰もいないので怖がられる心配もない。

「よし、このくらいのかたさだな」

絞り袋に生地を入れ、間隔をあけて天板に絞り出す。表面に霧吹きをし、あたためておいたオーブンにセットする。

生地が焼ける様子を眺め、膨らんできたら温度を少し下げて、しっかり焼き目がつくようにする。

注意が必要なのは、でき上がってすぐにオーブンを開いてはいけないということだ。焼き色がつく前に取り出すと、オーブンの温度が下がり、皮がぺしゃんこにしぼんでしまう。しぼんだシュークリームの皮は、もう二度と膨らまない。

最初に作ったときはそれで見事に失敗し、潰れたシュークリームを頬張ったことを思い出した。

十分に時間が経過してから生地を出したら、先に作っておいたカスタードクリームと生クリームを絞り、飾り切りした苺を挟む。

最後に雪化粧のように粉砂糖を振りかける。

「よっしゃ、これで完成だ！」

今回も、最高の出来だ。

お菓子作りは大変だが、それでも鬼束は苦だと思ったことがない。

単純な作業でも楽しいと思えるし、しんどいという思いも客の喜んでいる顔を見れば、消え去ってしまう。

個数を迷った挙げ句、八個のシュークリームを焼いた。

「さ、なくなる前にさっさと湯包に食わせないと。おーい、できたぞー」

その声を聞き、待ちきれなくなった京子が厨房を覗いた。

「わー、おいしそう！　早く、早く！」

鬼束が意気揚々と、トレイを持ち上げた瞬間。

チカチカと、店の電灯が点滅した。

「ん？　なんだ？」

ショーケースのそばに立っていた桜花は、驚いて天井を見上げた。

「停電、でしょうか？」

「やだーっ、あたし暗いの嫌いなんだけど！」

京子は隣にいた桜花を、ひしっと抱きしめる。

一瞬、パッと照明が消えた。

月影の凜《りん》とした声が店内に響く。

「桜花さん、京子さん、危ないので動かないでくださいね。大丈夫です、停電でも数分で予備電源に切り替わるはずです」

数分後、月影の言葉通り、再び店の灯りがついた。

「元に戻ったのか？」

鬼束はほっとして、両手で持ったままだったトレイに目をやった。

しかし、そこにはもうシュークリームは存在しなかった。

鬼束が持っていたのは、何ものっていないトレイだった。

「はあああ⁉　おい、シュークリームはどこだ⁉」

シュークリーム、まさか三度目の消失。二度あることは三度ある。

京子はえーっと悲鳴をあげた。混乱して、無茶苦茶に鬼束の肩を揺さぶっている。

「なんで⁉　確かにさっきまであったじゃない！　ちょっと、誰よ、あたしのシュークリーム持っていったのは⁉」

「だから知らねえっつってるだろ⁉　さっき電気が消えたときか⁉」

二人をなだめようと、桜花が間に入ろうとした瞬間。

京子は突然糸が切れたように、ふっと意識を失って、その場に膝をつく。

鬼束は驚いて、倒れる京子を支える。

「おい、お前どうしたんだ⁉　大丈夫か？」

「京子ちゃん、どうしたんですか⁉」

二人が声をかけるが、京子は目を閉じたままだ。

鬼束は顔をしかめて呟く。

「貧血……って様子でもないが。とりあえず、そこのソファに座らせておくか」

「坊ちゃま、私も手伝います」

鬼束と月影が、京子を座らせようとしたとき。

桜花はショーケースの陰で、白い布のようなものが、さっと隠れるのを確かに見た。

「あれは……！」

白い何かは、焦ったように扉をすり抜けて、店を飛び出した。

桜花も慌てて店を出て、白い布の後を追う。

「待ってくださいっ！」

桜花の行動に驚いた鬼束が声をあげる。

「なんだ？」

「ショーケースの近くに、何かいたんです！」

鬼束も、桜花の後を追いかけた。

白い布はトコトコと歩道を走る。

白い布――いや、白い布を被った何かだ。

とても小さい。三十センチくらいしかないのではないか。

そして白い何かは、ある家の柵をくぐってしまった。

桜花がそこを見たときには、さっきまでいたはずの布を被った何かは、最初から存在しなかったかのように消え失せていた。

白い何かが入っていった柵の先にある庭に生えた草が、ほんの少し揺れている。

桜花はその庭を見つめた。

「この中でしょうか……」

しかし、人の家に勝手に入るわけにもいかない。それに、柵は猫くらいしか通れそうにない。人間ではまず無理だ。

息を切らし、走ってきた鬼束が桜花に追いついた。

「いたか？」

桜花は戸惑いながら首を横に振った。

「鬼束君も、白い布を被った何かを見ましたよね？　この庭に飛び込んだと思ったんですが、見失ってしまいました」

しかし鬼束は、桜花とは別の場所を見ているようだ。

「おい、桜花、それ」

「え？」

鬼束はしゃがみ、地面に落ちていたものを拾い上げる。

桜花はそれを見た瞬間、ドキリとして息を呑んだ。

「──苺、ですか？」

鬼束が拾い上げたのは、潰れた苺だった。

普段はショートケーキの主役として堂々と君臨しているそれも、ひしゃげてしまうとなんだかひどくグロテスクだった。

この苺は、おそらくシュークリームに挟まれていたものだ。

その証拠に、苺のふちに生クリームと粉砂糖がついている。

やはりあの白い布を被った何かは、シュークリーム紛失事件と関係があるようだ。

桜花は神妙な顔で鬼束を見つめる。

「これはもしかして」

「もしかしなくても、神様のせいかもしれないな」

桜花は店に戻り、京子の様子を見守った。

京子はソファの上で、幸せそうにぐっすりと眠っている。

「京子ちゃんが突然眠ってしまったのも、神様のせいでしょうか？」

月影はどちらとも言えない表情で頷く。

「断定はできませんが、そうかもしれませんね」

二人は月影に、さっき見たものと、手がかりとして残されていた苺のことを報告した。

月影は口元に手を当て、悩むように言った。

「なるほど、道に苺が落ちていたのですね。どうやらその神様は、ずいぶんシュークリームがお好きなようです」

それからにこりと、まるで悪いことを思いついたように微笑む。

「そんなに好きなら、改めて招待してさしあげましょう」

というわけで、鬼束はまたもやシュークリームを作ることになった。

「ったく、今日三回目だぞ。さすがに疲れてきた」

桜花は鬼束の後ろで、雑用を手伝った。

「お疲れ様です、鬼束君」

こういう自体が起こってもいいように、材料は多めに購入してあった。

今日三度目に作ったシュークリームは、さっきと同じ八個。

「とはいえ、もうこれ以上は材料もないからな。これでなくなったら、今日は無理だ」

桜花は気合いの入った様子で拳を握った。

「今度こそ、絶対に阻止しましょう！　シュークリーム泥棒さん、確保です！」

「泥棒に〝さん〟はいらないだろ」

鬼束も相当疲れているはずだが、シュークリームの出来は今回も完璧で、手を抜くこともなく、最高の仕上がりだった。

鬼束は厳重に周囲を警戒しながら、七つはショーケースに入れた。

そして一つは皿の上にのせて、机の上に置く。

「それでは、よろしいですか、お二人とも」

月影に問いかけられ、桜花と鬼束は首肯《しゅこう》した。

月影が皿のそばにあった、金色のベルを鳴らした。

チリン、チリンと高いベルの音色が店内に響く。

どこか神聖な空気が漂う中、桜花は月影にたずねた。

「月影さん、そのベルは一体なんなのでしょう?」

月影はベルを机に置きながら答えた。

「これは、神様への合図です」

桜花はパチパチと目を瞬かせる。

「神様への合図ですか?」

「はい。神社で参拝するときにも、鈴を鳴らすでしょう」

「あっ、確かに」

「舞やお祓《はら》いのときにも、鈴を使いますよね。鈴は昔から、魔除けや神様への呼びかけに使われていたんです。ここにあなたを必要としている人間がいますよ、とこのベルで知らせているのです」

本当に、その音が聞こえたのだろうか。

やがてシャルマン・フレーズの扉が開かれる。

桜花は固唾《かたず》を呑んで、その様子を見守っていた。

けれどふらふらと導かれてきたのは、五歳くらいの小さな女の子だった。

（あの女の子は……おそらく昨日、お店の前で立っているのを見かけた女の子です）

やはり見間違いではなかったのだ。

月影に合図されたので、桜花は少女の目線に合わせて姿勢を低くして、優しく微笑んだ。

「こんにちは」

少女は最初、びくっと怯《おび》えた態度を見せた。

キョロキョロと、周囲を見る。

どうして自分がここにいるのか、彼女もハッキリ分かっていない様子だ。

少女は緊張した面持ちで、じっと縮こまっている。

「あなたは、昨日お店の前にいた女の子ですね？」

女の子は泣きそうな顔で、こくんと頷いた。

「お名前を聞いてもよろしいでしょうか？」

桜花がやわらかい笑顔でそう問いかけると、少女も少しずつ落ち着いてきたらしい。

「わたしは、みはね、です」

「みはねちゃんと言うんですね。申し遅れました、私は綾辻桜花と言います」

「おうかちゃん」

「はい。シュークリームを持っていったのは、みはねちゃんでしょうか？」

そう聞くと、彼女はきゅっと唇を結んで俯く。

じわじわと、涙の膜が彼女の瞳を覆う。

みはねは何かを言おうと唇を動かしたが、上手く言葉にならないようだ。

桜花はみはねの手を握り、再び優しく問いかける。

「みはねちゃん、私たちは、みはねちゃんを怒るつもりはないんです。ただシュークリームがなくなると困ってしまうので、もし何か知っていることがあったら、教えてほしいんです」

みはねはおどおどしながらも、震えた小さな声で話しはじめた。

「あのね、みはねのお姉ちゃん、シュークリームが好きなの」

「そうなんですね」

みはねはボロボロ涙を流しつつも、言葉を続ける。

「みはね、この間、お姉ちゃんを怒らせちゃったの。お姉ちゃんが大好きな人からもらったハンカチを、みはねが汚したから。それで、ケンカになって。どうしようって思って歩いてたら。お姉ちゃんが、このお店のシュークリームを食べてみたいって話していたのを、思い出したの。ガラス越しに覗いたら、本当にとってもおいしそうで……。シュークリームを持っていったら、お姉ちゃんと仲直りできるかなって」

「お姉さんのためだったんですね」

みはねはこくりと頷いた。

「だけど、みはねのお小遣いじゃシュークリームが買えないって悩んでたら、この子がシュークリーム、持ってきてくれたの」

（この子？）

桜花がそう考えたと同時に、いつの間にか、みはねの後ろから、真っ白な布が現れた。

何もなかったはずの場所から衣擦れの音も聞こえ、桜花はぎょっとして目を見張る。

白い布……いや、正確には、頭からシーツのような布を被った、何か。

（さっき追いかけた、白い布さんです）

その何かは直立しているようなのにずいぶん小さく、やはり正体が分からない。

布の下からかろうじて覗く小さな足を見て、桜花は息を詰めた。

ほんのわずかしか見えなかったが、二本の足があった。しかしおそらく人間の足ではない。

まず肌の色が、緑色に近い。そして足の先に鋭く長い、三本のかぎ爪が見えた。

近くで様子を見ていた鬼束はあからさまに、今すぐ白い布を取ってしまいたいという顔をしている。

だが、さすがにそんなことをしては月影に説教されると思い、ぐっと堪えているようだ。

みはねは、ちらりと自分の後ろに視線をやる。

「お前、そいつが見えているのか？」

鬼束にそう問いかけられたみはねは、緩く頷いた。

「うん、見えるときと見えないときがあるけど……なんとなく、この子が近くにいるのは分かるんだ」

みはねはポロポロ涙をこぼし、目蓋を擦った。

「わたしのことを心配して、この子が何個も何個も、シュークリームを持ってきてくれたの。でも、それはいけないことだから、返さないといけないって思って。だけど、怒られるのが怖くて……」

月影がすかさずフォローする。

「仕方ないですよ、坊ちゃまの顔を見てしまったら。彼は子供を頭からかじるような顔つきをしていますが、意外と優しいんですよ？」

「おい、ぶっ飛ばすぞ」

その言葉に、みはねの背中がびくっと跳ねて、よろよろ後ずさる。

「いや、お前のことじゃないから」

みはねはぷるぷると小動物のように震えながら、頭を下げた。

「ごめんなさい、勝手に持っていってしまって」

桜花は優しくみはねに微笑んだ。

「話してくれてありがとうございます、みはねちゃん」

月影は、白い布に向かって言った。

「今度は、あなたからお話をうかがいたいのですが」

白い何かは、考え込むように左右に揺れる。

そして、みはねの肩にちょこんと乗った。

布を被った神様は、心配そうにみはねのことを覗き込んでいる。顔が見えないから表情は分からないが、そんな気配がする。

目の部分にも、小さな穴すら開いていない。

（それでも、周囲の様子は見えているようですね。不思議です）

月影が神様の前に進み出ると、白い神様は警戒するように後ろに下がった。

「様々な絵巻に描かれていますが、あなたは〝布隠し〟様ですか？」

布隠しはそれを肯定するように、椅子の上にぴょんと飛び乗る。

意外と身のこなしが軽い。

「みはねさんは、きっともう大丈夫ですよ」

そう言われた布隠しは、同意するようにこくこくと頭を動かす。

月影は鬼束が作ったシュークリームを、布隠しに差し出した。

「こちらがあなたのために用意した、苺のシュークリームです。これで満足していただけるでしょうか？」

月影がそう問いかけると、布隠しは頭らしき部分を前に倒した。

つまり頷いている、のだろうか。

白い布の中から、さっと素早く何かが動いた。

そして次の瞬間には、皿の上からシュークリームが消えていた。

おそらく布から手を出して取ったのだろうが、あまりに早すぎてちっとも見えなかった。

それから布隠しは、みはねの両手に飛び乗って、みはねを見つめる。

と言っても、布隠しに顔はない。

なんとなく、見ている気配がある、というだけだ。

布隠しが、みはねの手の上で、ぴょんぴょんと跳ねる。

一部始終を静かに見守っていたみはねは、布隠しに話しかけた。

「えっと、布隠しさん？　もうみはねはシュークリーム、大丈夫なの。だから、持ってこなくてもいいんだ。今までありがとう」

それを聞いた布隠しは、その言葉に同意するように、ぴょんとはねて手の上から降りると、最後にみはねに向かって頭を左右に振る。

「ばいばい！」

その言葉を聞いた布隠しは、またぴょんぴょんと跳ねながら、どこかに消えてしまった。

消えていく布隠しの後ろ姿を眺めつつ、桜花はぽつりと呟いた。

「布隠しさん、もしかしたら、お友達が欲しかったのかもしれませんね」

「とにかく、これで解決か？」

月影は機嫌よさそうに微笑んで、頷いた。

「はい、そのようですね」

桜花は呆然としているみはねに声をかけた。

「それでは、もう遅いですし、お家の人に迎えに来てもらいましょう」

みはねは不安そうに桜花を見上げる。

「みはねのこと、怒らないの……？」

桜花は目を細め、深く頷いた。

「もちろん。だって、神様がしたことですから」

それを聞いて、みはねもほっとしたように口元を緩める。

月影がみはねの家族の番号を聞き、電話をかけた。

すると数分後、すぐに店まで女子高生くらいの少女が迎えに来た。

顔立ちが、どことなくみはねと似ている。

(きっと、みはねさんのお姉さんですね)

桜花はそう思った。

「みはね！　こんなに遅くまで、一人でどこ行ってたのよ！　心配したんだから」

そう言われたみはねは、わっと泣きながら姉に抱きついた。

「お姉ちゃん、ごめんなさい。ハンカチを汚して、ごめんなさい！」

みはねの姉は彼女をぎゅっと抱きしめ、首を横に振った。

「私こそ、ごめんね。怒りすぎた。もう、気にしてないから泣かないで」

二人の様子を見守っていた桜花は、ほっとして呟いた。

「よかったです。仲直りできましたね」

隣にいた鬼束は、顔だけ明後日《あさって》の方向を向いている。

首を寝違えたわけではなく、感動して涙が流れそうになったのを、どうにか堪えているのだ。

店の軒先でみはねを見送りつつ、桜花は彼女に声をかけた。

「みはねちゃん、いつでも遊びに来てくださいね」

「うん！」

「おい」

立ち去ろうとした瞬間、鬼束に声をかけられ、みはねがびくっと肩をすくませる。怒られると思っているのか、明らかに表情が硬い。

みはねの姉も、咄嗟《とっさ》にみはねを庇《かば》うように手を広げた。

「あー、いや……。シュークリーム、また作るから。今度は姉ちゃんと一緒に、この店に来いよ」

みはねはきょとんとした表情で鬼束を見つめる。

鬼束は照れくさそうに言った。

「うちのシュークリーム、とびきりうまいからよ」

鬼束の言葉が間違いでないことが分かると、みはねははにかんだように笑う。

「ありがとう、お兄ちゃん！」

みはねは満面の笑みを浮かべ、軽い足取りで姉と一緒に家に帰っていった。

ちなみに、布隠しの騒動の間、京子は最後までソファで眠っていた。

目を覚ました京子は、ようやく無事にシュークリームを食べることに成功する。

鬼束がショーケースに確保していたシュークリームを差し出すと、京子は歓声をあげ、苺のシュークリームを三個も食べた。

幸せそうな表情でパクパクとシュークリームを頬張りながら、京子は溜め息をつく。

「何日も我慢しただけあって、すっごくおいしい！　最高！　やばい！　鬼束、めっちゃお菓子作るのうまいじゃん！」

鬼束はまんざらでもなさそうだ。

「そ、そうか？」

「ねえ、あとお店に何個あるの？」

「えーと、八個作って、今湯包が三個食べて、布隠しも一つ食べたから」

「布隠し？」

「いや、なんでもない。あと四個だ」

「じゃあその四個、全部買ってもいい？　弟と妹たちへのおみやげにするわ」

「分かった」

シュークリームの入った袋を受け取った京子は、満足そうに笑って言う。

「きーめた！　あたし、この店に通っちゃお」

それを聞いた鬼束が顔をしかめる。

「お前、もうシュークリーム食べただろ？　無理して来なくていいぞ」

それを聞いた月影は、近くにあったトレイでスパンと鬼束の頭をはたく。

「坊ちゃま、お客様に失礼ですよ」

「ってぇな、何するんだよ暴力執事が！」

「坊ちゃまを躾《しつ》けるのも、月影の役目でございます」

桜花は楽しそうな三人のことを、にこにこ笑いながら見守った。

第三話　夏に降る雪と桃のパンナコッタ

季節は春から夏へと移り変わり、桜花たちの通う白橋大学も、夏休みに入った。

桜花は、夏休み中はいつもよりさらに熱心にシャルマン・フレーズの手伝いに励むつもりだった。

普段は鬼束が大学に通っているため、基本的に営業時間は夕方から夜九時くらいまでだ。

だが夏休みの間は、鬼束に特別な用事がない限り、昼から店を開くことになったのだ。

桜花は店の冷房のスイッチを入れて、開店準備をする。

シャルマン・フレーズの制服も、長袖のブラウスから半袖に変わった。

「今日も暑そうですね」

気温は連日最高記録を更新している。

こんなに暑いと、どうしても氷菓やゼリーなど、さっぱりした口当たりのものの売り上げが伸びる。

パティスリーが忙しいのはなんといってもクリスマス、それからバレンタインの時期。年末から上半期にかけてはしっちゃかめっちゃかだが、夏の間はびっくりするほど退屈なのが常なのだ。

濃厚な甘さが特徴の生クリームやチョコレートを使ったケーキは、夏になるとどうしても売り上げが伸び悩む。

鬼束の予想通り、今日は開店してから数時間経っても、客は数人しか来なかった。

仕込みを終わらせて空き時間ができたので、鬼束は厨房でゆっくり新作のケーキを考案していた。

「よし、できた」

鬼束が試作したデザートを手に、桜花のいる店内まで歩いてきた。

「桜花、ちょっと味見してくれるか？　どうせ客は誰もいないし、そこのテーブルで食べていいから」

「お仕事中なのにいいのでしょうか？」

「かまわねえって」

桜花が店内の椅子に腰かけると、鬼束はテーブルに、プラスチックの容器に入ったデザートを置く。

それを見た桜花は瞳を輝かせた。

「わあ……！　これは、桃のパンナコッタですか？」

「そうだ。夏だからな。さっぱり食べられるもんがいいかと思って」

桃のパンナコッタは容器の中で二層に分かれている。下の層は白いパンナコッタで、上の層は透明なゼリーの中に、大きな桃の実がぎっしり詰まり、ミントの葉が飾ってある。

「見た目も涼やかでとってもかわいらしいですね。いただきます」

桜花はわくわくした表情でスプーンを入れる。それからしばらく幸せそうな表情で、パンナコッタを堪能した。

「うん、上の層は桃の果実が甘くてみずみずしいです！　下の層のパンナコッタは、クリームが濃厚でまろやかですね。一つのデザートで二つの味が楽しめて、とってもおいしいです！」

それを聞いた鬼束は、少しほっとしたように息をつく。

「それ、メニューに加えてもいいと思うか？」

「はいっ、すごくおいしいですし、見た目も綺麗で今の季節にぴったりで、人気が出るんじゃないかなって思います！」

「よっしゃ、じゃあさっそく今日から並べるかー」

というわけで、桜花の推薦もあり、桃のパンナコッタは無事にシャルマン・フレーズのメニューの一員になった。


それから数日が経ち、桃のパンナコッタは、シャルマン・フレーズの人気メニューの一つになった。

立ち寄った客に、月影がさりげなく「今の季節限定です」と桃のパンナコッタをすすめる。すると、限定という言葉に惹《ひ》かれた客が、「それなら、そちらも買っていこうかしら」と購入し、売り上げに繋がった。


ある日の昼さがり。

桜花はいつものように、シャルマン・フレーズで接客をしていた。

「いらっしゃいませ」

訪れたのは、長髪の女性だった。漆黒の艶やかな髪が、背中まで伸びている。

身長も高く、百七十センチ以上あるのではないか。手足がスラリと長く、ほっそりとした身体で、桜花は思わず彼女に見とれた。

（なんてスタイルのいい人なのでしょう。スタイリッシュで、モデルさんのようです）

女性はツバの広いストローハットを被って、大きなサングラスをかけており、どんな顔かは分からない。しかし彼女が注文のためにレジに近づくと、肌が雪のように白く滑らかであることが、桜花にも分かった。

「注文がお決まりになりましたら、おっしゃってください」

桜花がそう接客すると、女性はしばらくショーケースを眺めて呟いた。

「おすすめはある？」

彼女の声は落ち着いていて、小さくても遠くまで通りそうな響きを持っていた。

「えっと、そうですね、新商品の桃のパンナコッタがおすすめです！　桃がみずみずしくてとっても甘くて、見た目も今の季節にぴったりで、人気の商品なんです」

桜花がそう答えると、彼女は納得したように頷いた。

「いいわね。じゃあ、それを二つ包んでもらえるかしら？」

「かしこまりました！」

会計を済ませて商品を渡し、桜花は丁寧にお辞儀をして女性を見送る。

「ありがとうございました！」

女性が立ち去った後、桜花は突然寒気を感じ、小さく震えて自分の腕をさすった。

不思議に思い、首を傾げる。

「冷房の温度、低すぎたでしょうか？」

しかしいつもと同じ設定温度だし、外は相変わらずジリジリと暑い。

それから桜花は厨房に歩いていく。

鬼束はやることがなくなったからか、手持ち無沙汰《ぶさた》な様子だった。

「鬼束君、桃のパンナコッタが売り切れました！」

「おお、そうか。好調だな。じゃあ夕方から夜用に、もう一回補充してもいいかもな」

そう返事をして、調理台の上に意気揚々とパンナコッタの材料を並べはじめる。

桜花が小さく縮こまっているのに気づき、鬼束は不思議そうに瞬きをした。

「どうした？　寒いのか？」

「あっいえ、さっきまでは大丈夫だったんですが、なんだか急に冷えてしまって」

鬼束はエアコンのスイッチをいじる。

「まあ、ずっと冷房の直風に当たってると、具合が悪くなることあるからな。とりあえず、ちょっと温度上げとくから。どうしても寒かったら、上着を着たりして調整しろよ？」

「はい、ありがとうございます」

そうお礼を言い、桜花は息を吐く。

すると、店の中なのになぜか息が白くなり、ぎょっとした。

厨房から店内に顔を出した鬼束も、その気温の低さに顔をしかめる。

「うわ、なんかこっちの部屋だけ、妙に寒いな。冷房壊れたか？」

「不思議ですね……」

どうして急に寒くなったのだろうか。

桜花が疑問に思いながら店の入り口の扉を開いてみると、その気温の差で、目眩がしそうになった。

屋外は相変わらず眩《まぶ》しい太陽がギラギラ照りつけて、茹《うだ》るような暑さだった。

□

翌日。今日も朝から気温は高く、酷い暑さだ。

鬼束は、昨日と同じようにパラパラと数人の客が訪れて終わりだろうと思っていた。

シャルマン・フレーズは、よく言えば近所の人たちが通う、知る人ぞ知る隠れた名店。悪く言えば、あまり知名度がない。積極的に宣伝していないし、営業時間も鬼束の大学の時間に左右され、定休日もまばらだったりするので、仕方ない面はある。

夏休みの間は、もう少し営業に力を入れようと毎日店を開いているが、そのせいで桜花も連日働き詰めだ。

鬼束が休んでいいと言っているのに、休んでいても落ち着かないと言って、他に予定のない日は積極的に店に出ている。

（あいつ、頑張りすぎなんだよな。そろそろまとまった休暇を桜花に与えたい。今日も暇だったら、明日からしばらく休んでもらうか）

鬼束がそんなことを考えていた矢先だった。

「それでは坊ちゃま、開店していいですか？」

「ああ、いつでもいいぞ」

月影が店のカーテンを開くと、シャルマン・フレーズの入り口前に、長蛇の列ができていた。

鬼束はぎょっとして目を見開く。

「は⁉　百人以上いないか⁉　嘘だろ？　これ、まさか全部うちの客か⁉」

隣で開店準備をしていた桜花も、ぽかんと口を開く。

「えっ、えっ、並んでいる人全部ですか⁉」

どこまで続いているのかも分からないくらいの、人、人、人の列。

高校生くらいの若い女性やビジネスファッションの大人の女性が大半を占めるが、中には年配の男性や老夫婦の姿もある。

クリスマスなどの行事のときならまだ、店が混み合うのも予想できる。しかし今日は、夏休み中とはいえただの平日だ。ここまで客が殺到するのは、初めてのことだった。

（いや、きっと近くで何かイベントをやっているんだろ。全員がうちの店の客であるはずがない）

鬼束はそう思ったが、シャルマン・フレーズが開店するのと同時に、並んでいた客たちはどどっと店内になだれ込んできた。

身長が高くない桜花はあっという間に人波に埋もれながらも、必死に声を張り上げている。

「い、いらっしゃいませ！　お客様、一列に並んでください！　お、押すと危ないので、ゆっくり進んでくださいっ！」

まるで年末のバーゲンセールのようだ。

三人しか従業員のいない店は、突然目の回るような忙しさに追われる。

「くそっ、一体どこから湧《わ》いて出たんだ、この客は！　いや、ありがたいことだけどよ！」

鬼束も接客を手伝いたい気持ちでいっぱいだが、彼は原則表に出ないと決めていた。なぜなら、鬼束の顔を見た客が怖がるからだ。

鬼束は厨房から桜花にこそこそと呼びかける。

「おい、俺が包装やるから、桜花はケーキが決まったらこっちに回せ！」

「はいっ、分かりました！」

カウンターでケーキを販売している桜花は、想定外の事態に完全にパニックに陥《おちい》っていた。

そもそもシャルマン・フレーズは、大量の商品を用意している店ではない。

夏休みだから普段より商品を多めに作っているものの、行列できることは考えていなかった。

怒濤《どとう》のような来客ラッシュが続き、桜花はひたすら言われるがままにケーキを箱に詰めた。

「お姉さん、ショートケーキを二つ、それにこっちのティラミスを一つ、あとこの桃のパンナコッタを二つね！」

「はっ、はい、こちらでよろしいでしょうか？」

「違う違う、ショートケーキは奥のやつだよ！」

「失礼しました、こちらですね。お会計は……」

髪の毛を明るく染めた若い女性が、持っていたスマホを桜花に突きつける。

「ねえ、この桃のパンナコッタは？」

スマホの画面に映っていたのは、確かに鬼束が作った、桃のパンナコッタの写真だった。

一体誰が撮ったのだろうと思いつつ、桜花は注文に応じる。

「はい、こちらでよろしいでしょうか？」

中には無茶を言ってくる客もいる。恰幅《かっぷく》のいい男性が桜花に詰め寄った。

「なあ、姉ちゃん、桃のパンナコッタいうん、十個買いたいんやけど」

「ごめんなさい、十個を急にはちょっと……」

桜花の言葉を月影が引き継いだ。

「他のお客様もいらっしゃいますので、申し訳ございませんが、桃のパンナコッタは本日お一人様お二つまででお願いいたします」

その言葉に、男性だけでなく周囲からも不満の声があがる。

どうやら、大多数の客の目当ては桃のパンナコッタのようだ。

「ええ？　ケーキ屋なのにケーキが用意できないってどういうことや！」

「せっかく並んだのに、買えないの？」

「家族全員分だから、四つ欲しいんだけど！」

詰め寄ってくる客を牽制《けんせい》し、月影が間に入る。

「申し訳ございません。大変混み合っておりますので、並んでいるお客様は注文用紙にご記入をお願いいたします。また店内のケーキがなくなり次第、本日の販売は終了です。後日でよろしければ、ご予約を受けつけます」

恰幅のいい男性は残念そうに顔をしかめる。

「ええ、予約ぅ？　面倒やなぁ」

「ご不便をおかけしますが、何分《なにぶん》ひとつひとつ丁寧に、心を込めて当店のパティシエが作っておりますので。それともお客様は、魔法のように一瞬でケーキが完成するとお思いですか？」

月影はあくまで笑顔だけれど、その笑みには威圧感があった。

勢いをなくした男性は、素直に注文用紙を受け取る。

「しゃ、しゃーないな……ほんなら予約の紙、書くわ」

「快くご協力いただき、誠にありがとうございます」

さっきまで文句を言っていた客たちも、月影の背後に漂う殺気のようなものを感じたせいか、大人しく整列した。

幸い、月影はこういうことに関してはプロなので、華麗に行列を整理し、優雅に注文を受け、時に若い女性の目を潤《うるお》わせた。

結局、店のショーケースは、一時間も経たずにすっかり空っぽになってしまった。

商品がなくなると、押し合いへし合いしていた大勢の客は、あっという間にいなくなった。

それでも買えなかった中でも三割ほどの客は注文用紙に記入していったので、月影はその用紙を日付順に並べながら、鬼束に渡す。

「坊ちゃま、本日分は完売です。こちらが予約の注文用紙です」

鬼束は月影の機転にほっとしつつ、返事をする。

「助かった、月影。正直急すぎて、俺と桜花だけじゃ全然対応できなかったからな」

数分の間にしなしなになった桜花は、鬼束と月影に頭を下げる。

「ごめんなさい！　私、全然お役に立てなくて」

「いや、それ言ったら俺だってただ呆然としてるだけだったし。あんなに急に大勢来たら、対応できねーって」

店に客が来ることは非常にありがたい。お客様は神様だ。

しかし、そうは言っても限度がある。


鬼束は表の扉に〝CLOSE〟の札を出した。

まだ午前中だ。

予定よりだいぶ早いが、材料もないし、店仕舞いにするしかない。

「月影も桜花も、お疲れさん」

ぐったりとした様子で、鬼束は店の椅子に腰を下ろす。

桜花もトレイを持ったまま、鬼束の向かいの席にぺたんと座った。

「すっ、すごくたくさんのお客様でしたね……」

鬼束は帽子をとり、髪の毛をくしゃくしゃと撫でた。

「ああ、一体なんだってんだ。ほぼ全員桃のパンナコッタが目当てだったみたいだけど」

鬼束は注文用紙をパラパラとめくりながら言った。

「見ろよ、予約もほぼ全員、桃のパンナコッタだ。どういうことだ？」

まったく疲労を表に出さず、凛とした様子で立っている月影は、タブレットの画面をころころと指で転がし、あるページを桜花と鬼束に見せた。

「どうやらこれが原因のようですね。お客様の中で話している方がいました」

桜花と鬼束は、月影が差し出したタブレットに顔を寄せる。

それはどうやら、写真を投稿するＳＮＳのようだ。

桜花も鬼束も、今時の学生ながらＳＮＳに疎《うと》いので、いまいち分かっていない。

ＳＮＳには、綺麗にフィルターがかけられた桃のパンナコッタの写真が投稿されていた。

「あっ、これ俺の作ったやつじゃん」

「ええ。確かに坊ちゃまの作ったパンナコッタです」

「しかしこうやって写真で見ると、なあんか別物みたいだな」

清潔感のある白のテーブルクロスの上に鎮座している桃のパンナコッタは、なかなかどうしてよそ行きの顔をしていた。背景にわざわざ小道具の赤い造花まで添えてあるので、まるで雑誌で紹介されているように洒落《しゃれ》ている。

『今日はシャルマン・フレーズというお店のケーキを買ってきました。実は俺、甘いものが好きなんだよね。今日の撮影が終わったご褒美《ほうび》に、桃のパンナコッタ！』

その投稿の下には、小さなハートマークと数字がある。

鬼束はそこを指でなぞった。

「これ知ってるぞ。いいねってやつだろ。たくさん稼ぐと強くなるやつ」

月影が小さく首を横に振って答える。

「別にいいねが増えたからと言って、何か起こるわけではないのですが」

「え、そうなのか。じゃあ、なんでみんないいねを集めてるんだ？」

桜花は画面にじっと顔を寄せた。

「さっき女子高生のお客様も、この写真を見ていました」

「ええ、かなり拡散されたみたいですね」

「この五・四万っていうのは、それだけの人数がいいねを押したということですか？」

「はい、そうです」

桜花はわっと歓声をあげる。

「すごいです！　投稿者は、速水志貴《はやみしき》さんという方……。人気のモデルさんなんですね。確かに、CMで見たことがあります、この方」

「言われてみれば、知ってるような知らないような」

ケーキの写真の横には、速水志貴本人の写真もあった。

中性的な男性だ。年齢は二十代前半くらいだろうか。

シルバーグレーに染めている髪の毛には、緩くパーマがかかっている。繊細な顔立ちをした、細身の男性だった。

ある写真では、彼は青い空を背景に、黒い車のボンネットの上で寝そべっていた。どうやら車の広告らしい。

彼本人の顔が映っている写真には、ケーキの投稿をさらに凌駕《りょうが》する、何倍もの数のいいねが押されていた。

「そういえば、京子ちゃんが言っていました。ここから少し歩いたところに、スタジオがあるらしいです。そこでよく、モデルさんが撮影を行《おこな》っているとか」

「へえ。俺はこの速水？　ってモデル本人を見た記憶はないが、それならスタッフか誰かが差し入れで、うちのケーキを買っていったのかもな」

鬼束は感心したように眉を寄せる。

「なるほど、このモデルがうちの店のケーキの感想を呟いたから、こんなに繁盛《はんじょう》してるのか」

自分の作った菓子がこんな風に誰かに投稿され、何万人もの人間に見られているなんて、なんだか不思議な気分だ。

写真にはコメントもつけられるようで、『おいしそう』『私も食べたい！　今度買いに行こうかな』『志貴君甘いものが好きなんてかわいい』など、ファンの熱心なコメントが並んでいた。

しかし、この投稿を見てケーキを買いに来るファンの多くは、一時的なものだろう。台風のように突然現れて、すぐに去ってしまう。

宣伝してもらえるのはありがたいが、速水志貴が気に入っているものなら、ファンたちは別になんだってよくて、ファンアイテムとしてこの店のケーキを欲しているだけだ。

この投稿が別の店のマカロンならこぞってそれを求めただろうし、きっとせんべいだろうと肉まんだろうと、同じように行列を作っただろう。

鬼束はどこか釈然としないものを感じた。

そんなことを考えていると、店の扉についているチャイムがチリンと音を立てた。

鬼束が首を伸ばして入り口を覗く。

「あれ、もう閉店の札かけたよな」

チャイムを聞き、椅子に腰かけていた桜花が席を立とうとする。

「私、戸締まりをしていませんでした」

桜花に大丈夫ですよと声をかけ、月影が扉に近づいた。

扉を開こうとしたのは、長身の女性だった。

桜花は小声で呟いた。

「あ、あの方、昨日もケーキを買いに来てくださった方です」

相変わらず手足が長く、ほっそりとした体形だ。

今日もツバの広い帽子を被りサングラスをかけているせいで、どんな顔かはハッキリと分からない。

彼女は空《から》になったショーケースを見て、ハッとしたように息を呑んだ。

月影が彼女に向かって頭を下げる。

「お客様。本日は商品がすべて品切れになっておりまして。わざわざご足労いただいたにもかかわらず、大変申し訳ございません。もしよろしければ、ご予約やお取り置きを承りますが」

彼女はしばらく、何かを考えているようだった。

しかし、サングラスと大きな帽子のせいで、やはりその表情は分からない。

「……そう。いいえ、分かった、また来るわ」

月影がもう一度、深々と頭を下げた。

彼女は納得したのか、そのまま引き返そうとする。

立ち去ろうとする女性を見て、桜花は弾かれたように声を出した。

「あっ、あの！」

桜花の声に、店を出ようとしていた長身の女性が振り返る。

「き、昨日、桃のパンナコッタをお買い上げいただいた方ですよね。お味はいかがでしたか？」

すると、女性は小さく頷いて答えた。

「ええ、おいしかったわ。だから、今日も食べたいと思って、来たのだけど」

桜花が再度声をかけようとする前に、びゅうっと冷たい風が吹き抜けた。

「きゃっ」

その風の強さに、思わず桜花は目をつぶる。

「あ、あれ？　あの女性は……？」

次に目を開いたときには、長身の女性は消え去っていた。

まるで最初から、誰もいなかったかのように。

店を立ち去ったにしても、店からどちらの方向に向かって歩いているかくらいは分かるはずだ。

しかし、彼女はまるで煙のように姿を消してしまった。

そもそも、目を開けていられないほどの強い風が吹くことが、まずおかしい。ここは店の中なのだから。

桜花と鬼束は、不思議そうに顔を見合わせた。

翌日も翌々日も、店の行列は途切れなかった。

日が経つにつれ、写真が投稿されたばかりの頃よりは、少しずつ客足が落ち着いてきた。

それでも三人で店を回すのは、なかなか至難の業《わざ》だった。

原因が分かったので、あらかじめ桃のパンナコッタを大量に準備するようにはしているが、注文数に追いつかず、パンナコッタは毎日開店してから数十分で品切れになった。

厨房の中には、大量の桃が積まれている。

一個や二個なら、皮を剥くときになんてみずみずしい香りだろうという気持ちになるが、厨房の中が桃の香りで満たされた今はなんの感慨もない。それどころか、頭がおかしくなりそうだった。

鬼束は大量の桃の皮を剥きながら、のんびりと時間が過ぎていた日々を懐かしく思う。たった数日前のことなのに、まるでもう何年も経ってしまったかのようだ。

さすがにこのペースで営業を続けるのには、体力的にも精神的にも限界を感じる。月影はともかく、特に桜花は疲れ切っていた。これまでほとんど接客経験がなかったのだから、充分すぎるほど頑張っている。

鬼束は、いっそ騒動が落ち着くまでの数日は臨時休業にしてもいいかな、とまで考えはじめていた。

ビジネスチャンスと言えば聞こえはいいが、別に鬼束は儲《もう》けを出したくてこの店をやっているわけではない。

贅沢《ぜいたく》かもしれないが、自分のケーキを好きだと言ってくれる数人の客が、この店でのんびり紅茶を飲んで、ケーキを食べて幸せそうな顔をしてくれれば、それだけで充分なのだ。

鬼束は、これまで来店した客の顔を全員覚えていた。鬼束が姿を現すと怯えるかもしれないという配慮から、いつも厨房からそっと表を覗いていたのだ。

自分の作ったケーキが入った箱を嬉しそうに持って帰ってくれるのを見ると、鬼束の心は躍《おど》った。どんなに腹がたつことがあろうが、どんなに疲れていようが、彼らの笑顔を見れば、明日も頑張ってケーキを作ろうという気持ちになった。

しかしここ数日は、誰が何を買っていったのか、まるで覚える余裕がない。

そのことが、ひどく虚しかった。


午前の営業が終わり、シャルマン・フレーズは一度昼休憩を挟む。

鬼束は深い溜め息をついて、店のソファに腰かけた。

「あー、疲れた」

桜花は鬼束の前にあったテーブルに、ガラスのカップを置く。

「お疲れ様です。お茶、飲んでください」

「助かる」

鬼束は茶を飲みながら、考える。

たくさんの客の中で、一人気がかりな客がいた。

昨日も訪れた、長身の女性だ。

彼女は今日もケーキを買いに来てくれた。

行列の中に、周囲の女性より頭一つ分背の高い彼女の姿を見つけている。

だが、ケーキがものの数十分で売り切れたのを知ると、諦めてそのまま帰ってしまったようだ。

何度も来てくれているのに、申し訳ないとは思う。

鬼束は元々険しい目つきを、さらに厳しいものにする。

(だけどあの女から、少し変な感じがした。もしかしたら……)

真剣に考え込んでいると、後ろから元気のよい声が響いた。

「鬼束君！　あの、月影さんがお昼ご飯を作ってくださいましたので、二階で一緒に食べませんか？」

気がつけば、十三時を回っていた。昼食には少し遅いくらいだ。

人間とは不思議なもので、そう意識した途端、鬼束も腹が減ってきた。

「ああ、食べる。お前も食べるんだろ？」

「はいっ！」

二人は、居住区になっている二階に移動する。

鬼束が階段を上がると、飼い猫のシフォンがぐるると妙に機嫌が悪そうになった。

桜花はシフォンの前に座り、声をかけた。

「シフォンさん、ご機嫌ななめですか？」

「あー、最近忙しくてあんまりかまってあげられてないからかもな」

鬼束がよしよしとシフォンの頭を撫でると、今度は機嫌がよさそうに鳴く。

それからてくてくと、鬼束の部屋に戻っていった。

「そういえば、桜花、シフォンに逃げられなくなったんだな」

出会ったばかりの頃、シフォンは桜花のことを毛嫌いしていた気がする。

桜花は嬉しそうに答えた。

「はいっ、どうやらシフォンさん、私の近くに猫神さんがいたのが気になっていたらしく」

「あー、そうか、でっかい猫だからか」

ここに初めて来た頃、桜花は常に猫神に見守られていた。その気配のせいで、シフォンが過剰に反応していたのだろう。

「はいっ！　その後は、普通に触らせてくれるようになったのです！」

「そりゃよかったな」

そんな話をしつつ、桜花は昼食をテーブルに並べていく。

「今日のお昼は、月影さん特製のサンドイッチです！」

桜花は鬼束の向かいの席に座り、にこにこしながらボリュームのあるサンドイッチを手に取った。

ゆで卵にキュウリ、ローストチキンにトマトとレタスと具だくさんだ。パンにはこんがり焼き目がついていて、表面がサクサクしている。

「そういや月影は？」

「お買い物に出かけました！」

「そうか」

桜花は小さな口で、サンドイッチをはぐはぐと食べている。その様子は、ウサギのようだった。

「とってもおいしいです。サンドイッチも、お店に置いたら人気が出そうですね」

「あー、いいかもしれないな。ケーキだけでなく、ちょっとした軽食としてサンドイッチとかパスタとか」

「ですね！　月影さんの淹れる紅茶やコーヒー、おいしいですし。お料理にも合いそうです」

「でもそうすっと、野菜ジュースとかスムージーとか色々増やしたくなるから、収拾つかなくなりそうだな。とりあえず、しばらくはケーキだけでいいや。まだケーキも極め足りないし」

それを聞いた桜花は、楽しそうに微笑んだ。

「なんだ？」

「いえ、鬼束君は本当にお菓子作りが好きなんだなあと思いまして。私、そんな風に熱中できるものがないので、憧れます」

それを聞いた鬼束は照れくさそうに、桜花の額を指でピンと弾いた。

「ど、どうして攻撃されたのでしょうか⁉」

「さあな」


翌日の朝、桜花と月影はいつものように接客をこなしていた。

今日もシャルマン・フレーズには、ざっと三十人以上が並んでいた。

ここ数日で、店に行列ができるのにはすっかり慣れてしまった。最初はおどおどしていた桜花も、スムーズに客をさばけるようになっていた。

そんな彼女が注文されたケーキを箱に詰めていたときだった。

ひらりと、目の前を白くて小さなものが落ちていく。

最初はほこりか何かかと思ったが、一つだけではなく、いくつも白いものがはらはらと舞う。

桜花は不思議に思って、掌を開いた。

「雪、ですか？」

ふわり、ふわり。白い雪の粒が、店の中を舞い落ちる。

店内にいた数十人の客が、わっと歓声をあげた。

「ねえ、これ雪じゃない？」

「何かの演出？」

「でも、作りものじゃなくて触ると解けちゃうよ」

冷静に様子を見守っていた月影が、表情をかたくする。

今の季節は夏なのに、雪が降るわけがない。しかも、店の中で。

しかし雪はやむ気配がなく、降り続いていく。

厨房にいた鬼束も、驚いて表に現れる。

「なんだ、何が起こってるんだ⁉」

「鬼束君のところにも雪が降ってますか⁉」

「ああ、ケーキを作ってたら雪が降ってきやがった」

半袖の客たちは、ブルブルと震えながら叫ぶ。

「さ、寒い！」

「いくら演出でもやりすぎよ！」

「もうやめて！」

そう言われても、もちろんこれは演出でも手品でもない。桜花たちも、困惑することしかできなかった。

そのうち客たちは店の中に降る雪を不審に思ったのか、それとも寒さのせいか、店の外へと逃げ出してしまった。

空っぽになった店内で、三人が顔を見合わせる。

鬼束は寒さのせいか、顔が強《こわ》ばってとびきり人相が悪くなっている。

「一体これはどういうことだ？」

月影が鋭い目つきで、いまだ店の中に降る雪を睨みつける。

「これは……おそらく、神様の仕業でしょうね」

「だよな。こんなこと、普通の人間にはできやしないし」

桜花はにこにこしながら、両手で白い粒を受け止めている。

「でも、夏に降る雪なんて、少し素敵ですね。私、あまり雪が降るのを見たことがなかったので、ちょっと楽しいです」

「子供か、お前は」

それを聞いた月影は口元に手を当て、何か考え込む。

「神様をお呼びするのは簡単ですが、桜花さんも楽しんでいますし、もうしばらくこのままでもいいかもしれませんね」

「いやいや、のんきすぎるだろ」

月影が、おやと声を出す。

「どうしたんだ？」

「もうやんでしまったようですよ」

そう言われれば、確かに三人が話しはじめてから数分後、雪がやんでいた。

月影は桜花に向かって微笑んだ。

「残念ですね、もっと積もったら雪だるまを作ろうと思いましたのに」

「雪だるま、楽しそうですね！　また降ったら、ぜひ作りましょう！」

「お前らなあ……」

不思議なことに、雪はすっと消えてしまい、水の跡が残ることはなかった。

客がいなくなり、やることがなくなった桜花は、店の外に出てガラスの拭き掃除をすることにした。

空を見上げるが、当然雪は降っていない。

夏らしい眩《まばゆ》い太陽が、今日もギラギラと照りつけるばかりだ。

掃除をしていると、真っ白な毛の長い猫が、シャルマン・フレーズの庭を歩いていく。白い尻尾がふさふさと揺れている。

「シフォンさん」

鬼束の飼い猫のシフォンだった。

シフォンが退屈しないようにするためか、鬼束はたまに部屋の窓を開き、シフォンが外に出られるようにしているらしい。

シフォンはかしこいからか、それとも臆病からか、決してシャルマン・フレーズの敷地から出ようとすることはなかった。

「お散歩ですか？」

自分の名を呼ばれたと分かったのか、シフォンは歩みを止め、桜花を見上げる。

「何か知りませんか？　さっき、お店に雪が降ったんです」

などとたずねても、当然猫が話すわけもなく。

真っ白で気ままな猫は、そんなことは自分に関係ないとでも言いたげな声で鳴いて、毛繕いをする。

桜花はそれを愛らしいと思いながら、シフォンの前に腰を下ろす。

「シフォンさん、あとでおやつをあげますね。今日はカリカリとペーストタイプの、どちらがいいですか?」

シフォンは、なぁんと長い声で鳴く。

そのとき、ぬうっと大きな影が現れ、目の前が暗くなる。

「おう、桜花じゃねーか」

聞き覚えのあるダンディな声に、桜花はぱあっと表情を明るくする。

「あっ、猫神さん!」

くつろいでいたシフォンが、その気配に素早く身を起こして姿勢を低くし、全身の毛を逆立てる。瞳孔《どうこう》を開き、シャーッと鳴いて威嚇した。

猫神はあいかわらず大きかった。ピンとした二つの耳に、ふっくらとしたお腹。灰色の身体に、どっしりとした二本の足で直立し、二股に分かれた尻尾をゆらゆら揺らす。

猫神は桜花から離れた後も、この周辺をよく散歩しているようだ。そして、たまにお腹が減ったときに、鬼束のケーキを食べに来る。

「お久しぶりです。お元気ですか?」

「おう、元気だ。ここいらは俺の縄張りだからな! いつでもここら辺にいるぜ。そいつには嫌われてるようだけどな」

桜花は怯えきっているシフォンの様子を見て苦笑した。

「猫さん同士で仲良くなれればいいんですけど」

「どうした、考えごとでもしてたか？」

「いえ、実は今日、お店の中で雪が降りまして」

猫神はピンとひげを立て、感心したように低い声を出す。

「この季節に雪だって？　そりゃあ、どっかの神様の仕業かもな」

「そうなんです」

猫神は腕を組んで考える。

「俺は寒いのも暑いのも苦手だな。毎日こう暑いのもたまらないが、雪なんか降っても困る。中間がいいや」

「あはは、確かにそうかもしれません」

シフォンは猫神に攻撃しようと、猫パンチを繰り出した。

それを避けた猫神はぴょんとシャルマン・フレーズの建物の屋根に飛び移ると、にやりと微笑む。巨体なのに、驚くほど身軽だ。

「まあ本気で困ってるなら、俺がとっ捕まえてやるよ。いつでも相談しな」

「はい、猫神さん。ありがとうございます」

散歩の途中だった猫神は、そのままぴょんぴょんと屋根の上を飛んでいって、やがて姿を消した。

シフォンはまだ低い声でうなりながら、不思議そうに桜花を見上げた。

翌日の朝、桜花は表から聞こえる騒がしい声で目を覚ました。

「うーん？」

枕元の時計を見ると、朝の六時だ。

まだ開店の時間でもないのに、どうやら店の前に人が集まっているらしい。

シャルマン・フレーズは閑静な住宅街にひっそりとたたずんでいる店だ。

桜花は不思議に思いつつカーテンを開き、店の外を見下ろして、ぎょっとした。

なぜかシャルマン・フレーズの周囲だけ、銀世界なのだ。

「ま、また雪です！」

しんしんと、大粒の白い雪が降っている。

それどころか、地面には数十センチほど雪が積もっているのだ。

シャルマン・フレーズの周囲にだけ、きれいに円を描くように、雪が降り続いている。

「い、今は夏ですよね？」

と、当然のことを確認したくなってしまう。

スマホを確認するが、やはり八月後半の日付だ。

異常気象。しかも、この店の周辺限定で。

桜花が動揺していると、パシャパシャッとフラッシュの光と音が瞬いた。

その眩しさに目をつぶり、再び地上を見ると、大きなカメラを抱えた人間と、マイクを持ったレポーターのような人間がいる。

「今、店の住人が姿を現しました！　すみません、一言インタビューいいですか⁉」

大声で叫ぶので、窓ごしにもその声が伝わってくる。

どうやら地元のテレビ局の人間のようだ。

店の下にはマスコミが十人ちょっと、それに、騒ぎを知って集まった野次馬が二、三十人ほどいた。

桜花はカーテンを閉ざし、ぺたりと部屋の床に座り込んだ。

「ど、どうしましょう！　なんだか大変なことになっています！」

桜花が戸惑っていると、外から鬼束の叫び声が聞こえてきた。

「オラァ、邪魔だボケ！　お前らがいると客が入れないだろうがよぉ！」

それに続いて、鬼束に恐れる人々の悲鳴が響く。

「きゃあっ、顔怖い！　何この人⁉」

「般若！」

「ヤンキー⁉」

「鬼⁉」

「うるせえ、しばくぞ！　いいからそこをどけ！」

桜花はカーテンを数センチ開けて、ちらりと下の様子を見守る。

鬼束の後ろには、月影もいた。

テレビ局の人間は一瞬鬼束にひるんだようだが、気を取り直し、彼を囲んでテレビカメラで撮影しまくる。

「乱暴な口調の、金髪の若者です！　一体彼は、何者なのでしょうか⁉」

「この店の関係者ですか⁉　なぜかこの店の周囲限定で雪が降っているのですが、どうお考えですか⁉」

「うっせ、知るかボケ！」

続いてバタンと勢いよく扉が閉まり、鬼束と月影が入ってきた音がする。

桜花は慌てて、パジャマ姿のまま階段を下りた。

「鬼束君、月影さん、おはようございます！　あの、お店の外、雪が……」

外で降っている雪が激しいせいか、鬼束と月影の肩にも白い雪がのっかっている。

「ああ、なんかよく分かんねえけど、大変なことになってんな。テレビ局まで来てるしよ。月影、原因分かるか？」

「はい、おそらくは」

「じゃあさっさと解決しようぜ！　このままじゃ、店開くどころじゃなくなっちまう」

そうこうしている間にも、店の外で降る雪はさらに激しさを増していく。

もはや吹雪と言っていいほどで、真っ白な雪が絶え間なく降り続き、店の周囲の積雪もかさを増していく。

月影は感心したように呟いた。

「北海道の豪雪地帯に行ったことがありますが、まさにこんな感じでしたねえ」

「感心してる場合じゃないだろ！　ちょっと降るくらいならいいが、いくらなんでも限度があるぞ」

物珍しさから店の周囲に集まっていたギャラリーも、さすがに寒さに堪えきれなくなったのか、店から距離をとる。

月影はにこりと微笑み、机に置いてあったハンドベルを鳴らす。

「では、犯人を呼び出してみましょうか」

チリン、チリンとベルの高い音が鳴る。

月影がベルを鳴らすと同時に、ふっと周囲の雰囲気が切り替わる。

そして、その音に導かれるようにして、ツバの広い帽子を被り、サングラスをかけた長身の女性が、ふらふらした足取りで店の正面まで歩いてくる。

桜花は彼女を見て、小さな声で呟いた。

「あっ……あの人は……」

見た瞬間、桜花はこの客のことをはっきりと思い出した。

桃のパンナコッタを買うため、何度か店に足を運んでくれたが、結局売り切れで買うことができず残念そうにしていた女性だ。

彼女が店に近づいたのを見て、テレビ局のレポーターが歯を食いしばりながら大雪に堪えつつ、マイクを向ける。

鬼束が半分感心、半分呆れたような声を出す。

「げっ、テレビ局のやつら、まだいたのかよ。意外と根性あるな」

女性は彼らに視線を向けると、口元に手を当て、ふっと息を吹きかけた。

すると、彼女の周囲にいたカメラマンやレポーターは、凍りついてしまった。

それを見ていた人々は、大声で悲鳴をあげて我先にと逃げ出した。

その光景に、桜花もひゅっと息を呑む。

「ひ、人が……凍ってしまいました……」

女性によって店の扉が開かれると、猛吹雪が店内にも流れ込んできた。どうやらその吹雪は、彼女を中心に吹き荒れているようだ。

女性が人を凍らせてしまった恐怖と寒さから、桜花の足がガクガクと震える。

青ざめていた桜花は、パサリと頭からタオルケットを被せられて、はっと我に返った。

視線を上げると、目の前に鬼束がいる。

「鬼束君……」

「おい、大丈夫か？　顔真っ青だぞ」

鬼束は頭巾のようにタオルケットで桜花の頭をぎゅっと包んで、彼女を温めるようにペチペチと軽く顔を叩く。

そうされて、ようやく笑うことができた。

「ありがとうございます」

月影は入ってきた女性のために、いつの間にか紅茶を用意していた。

こんなときでも落ち着き払っているのは、さすがとしか言いようがない。

女性はすとんと椅子に腰かけた。

月影は彼女の前に、紅茶の入ったカップを置く。

「よろしければ、どうぞ」

女性がカップを手に取り、紅茶に口をつける。

熱いお湯で淹れたはずの紅茶には、いつのまにか氷の塊が浮かんでいる。

女性はそのことも気にせず紅茶を飲んだ。

すると、一瞬で彼女の姿が変わった。

さっきまでは黒かった髪の毛が、鮮やかな水色に。さらに、彼女の腰まで伸びて、吹雪とともになびいている。

オフィスカジュアルだった服装は、真っ白な着物に変化する。サングラスはなくなり、宝石のような青い瞳がじっと月影を見つめている。

女性がふっと息を吐くと、そこに氷の結晶が現れた。元々寒かった店内の温度が、さらに下がった気がする。

桜花と鬼束は寄り添って縮こまり、ガタガタと震えた。

涼しい顔をした月影は、やわらかな微笑みをくずさない。

「お待ちしておりました、雪那姫《せつなひめ》様。どうしてこのような事態になったのか、説明していただけますか？」

雪那姫と呼ばれた神は、いじけたように唇を尖らせた。

「うちが冬を呼ぶ神やっていうんは、知っとるやろ？」

「はい、もちろん、存じております。世界中の国を回り、訪れた地域に冬をもたらす、素晴らしい神様ですね」

「そうよ。うちが行った場所は、全部冷たい冷たい雪が降って、一面真っ白になってしまう」

雪那姫が、はあと溜め息をつく。

そうすると、ついにカップまで凍りついてしまった。

どうやら彼女が手に取ったものは、みんな凍ってしまうらしい。

「最近、神さんたちの間で、この店のお菓子が評判なんよ。それで一回人間のふりして立ち寄ったら、かわいい桃のパンナコッタがあってな」

桜花がおずおずと口を開いた。

「それから何度か、店に来てくださいましたよね」

「そうなんよ！　あの味が忘れられんくて、食べたくて仕方ないのに、いつ来ても売ってないやん。やから頭来て、雪を降らせてしもたんよ。そうしたら、人がおらんようになって、またうちがケーキを買えると思うやん？」

彼女は再び重い溜め息をつく。

「なのに、なんでか人が減るどころか、この間より増えてるやん！」

月影がその言葉に苦笑する。

「この周辺は、雪があまり降りませんからね。珍しいと思った人が集まってくるのも無理はありません」

「うっとうしいから、あいつら凍らしてやったわ」

それを聞いた桜花は、勇気を出して雪那姫に問いかける。

「あのっ！」

「ん？」

「こ、凍らされてしまった人たちですが、無事でしょうか？」

その言葉に、ああ、と雪那姫が頷く。

「大丈夫よ。うるさいから、ちょっと凍らせただけで、店を出るときに元に戻してやるわ」

「そうですか、よかったです」

桜花の様子を見て、雪那姫がふっと微笑みながら、桜花の頬に手を寄せる。

「なんやあんた、勇気があるんかないんか分からんなあ。足がガクガク震えて怖がってるのに、それでも他人のあいつらのこと気にかけてやるなんて。気に入ったわ。うちの好きな人に、少し似てる」

「好きな人がいらっしゃるのですね」

桜花の問いかけに、雪那姫ははっとしたように口元に手を当てる。

「せやなあ……。ここだけの話やけど、うち、春を司《つかさど》る神さんが好きでな。特に何かあったわけでもないのに、なんやいつもへらへら笑っとって。うちがどんだけ邪険にしても、いつも笑っとるんよ。その笑顔が、なんやあったかくてなあ。嫌なことがあっても、その人の笑顔を見ると、こっちまでつられて笑ってしまうんよ。色合いのせいかなあ。桃のパンナコッタを食べたとき、その人のこと思い出して。せやから余計にお気に入りになったんよなあ」

「素敵なお話ですね」

照れくさくなったのか、雪那姫は髪をかき上げて月影に催促する。

「いらん話したわ。とにかく、桃のパンナコッタが食べたくて食べたくて仕方なかったんよ。さすがにうちの分がないなんて、言わんやろ？」

「ええ、もちろん準備しております」

どうやら月影に言われ、こうなることを予測していたのか、鬼束は鞄の中からクーラーボックスを取り出す。

そして、桃のパンナコッタを机の上に置いた。

雪那姫はそれを嬉しそうに手に取った。

彼女が触れると、やはりパンナコッタも凍ってしまう。

シャクシャクと音を立てつつ、フォークでそれを一口の大きさに取り分けた。

雪那姫は一口一口大切そうに噛みしめ、やがてすべて食べ終わると、幸せそうに目を閉じる。

「ああ、ほんまにおいしいお菓子やったわ。ありがとな、うち、満足やわ」

紅茶もすべて飲み終えると、雪那姫は長い睫毛《まつげ》を瞬かせて問いかけた。

「色々迷惑かけて堪忍《かんにん》な。許してくれる？」

そう問いかけられた鬼束は、相変わらずの仏頂面《ぶっちょうづら》で答えた。

「そう思ってるんなら、これからもうちのケーキを買いに来てくれ」

それを聞いた雪那姫は、ふっと笑顔を見せた。

「ふふ、ありがとな。もちろん、またこっそり買いにこさせてもらうわ」

そう微笑んだかと思うと、雪那姫は雪の結晶を残し、さあっと姿を消してしまった。

「消えちゃいましたね……」

雪那姫が消えた瞬間、店内にはジリジリとした夏の暑さが戻ってきた。

気温の差があまりに激しくて、どっと汗が噴き出した気がした。

店の周囲に積もっていた雪も、まるで最初からなかったかのように消え去っている。

凍りついていたテレビ局の人間たちが、氷が解け、道の真ん中ですやすやと眠っているのが見えた。

桜花は目を細め、嬉しそうに鬼束に話しかけた。

「鬼束君。雪那姫さん、きっとこのお店に長く通ってくれるお客様になりますね！」

「妙な客が多いよな、まったく」

ぶっきらぼうな口調だったが、そう呟いた鬼束は、いつもよりやわらかい表情だった。

第四話　休日の買い物とチョコレートモンブラン

夏休みが終わり、十月になると周囲の木々が色づいて、季節は秋めいてきた。

桜花はアラームを止め、まだ眠い目を擦り、ベッドから身体を起こす。

いつもの癖で七時に起きてしまったが、今日は大学に行かなくていい日だということを思い出した。そして、シャルマン・フレーズも休業日だ。

一階に下りると、ふんわりといい香りが漂っているのに気づく。

桜花が下りてきた物音に気づいたのか、鬼束が厨房から顔を出した。

「おはようございます、鬼束君」

「はよ」

どうやら鬼束は、鍋で何かを煮ているようだ。

「それはなんですか？」

「栗の渋皮煮だ」

それを聞いた桜花は瞳を輝かせた。

「うわぁ、栗ということはモンブランですか⁉」

「ああ、秋だしな。モンブランを作ろうと思って」

桜花はにこにこしながら言った。

「いいですね！　モンブラン大好きです」

「まあモンブランって、実は栗をメインにしたケーキってわけでもないんだけどな」

「えっ、そうなんですか⁉」

「モンブランは元々、フランス語で『白い山』を意味する言葉なんだ。それに、アルプス山脈で一番高い山にモンブランって山がある。最初のモンブランは、その山をイメージした白い山型のお菓子だったらしい。とはいえ、マロンペーストを使っていたらしいから、栗のケーキと言えばそうなんだけどな」

「確かに、今のモンブランって黄色や茶色がほとんどで、白い山って感じはしませんね」

桜花は山型に盛られた白いケーキを想像しつつ言った。

「上に振りかけられた白い粉砂糖で、一応雪を表現してるけどな。モンブランが栗をメインに味わうケーキだってイメージがついたのは、日本で最初にモンブランを作った洋菓子店の店長が、栗の甘露煮を一つ丸ごと使用したからだ。ちなみに黄色い栗のモンブランも日本独自のケーキで、フランスのモンブランは茶色い。ただ、今は紫芋とかカボチャとか、色んな味や色のモンブランがあるな」

「鬼束君が作っているのは、何色のモンブランですか?」

「俺は、チョコレートモンブランにしようかと思って。だから濃いめの茶色だな。栗は入れなくてもいいかと考えていたけど、やっぱり入ってた方が嬉しいだろうから、生地にマロンペーストを混ぜて、てっぺんには渋皮煮にした栗をのせるつもりだ」

それを聞いた桜花は両手を合わせて喜んだ。

「うわあ、絶対おいしいです。早く食べてみたいです!」

「まだ栗しかないぞ。それより、月影が作ってくれた朝飯がある。俺も朝食まだだし、二階で食べようぜ」

「はいっ、用意しますね!」

桜花は二階に上がり、ダイニングのテーブルに月影の作ってくれた朝食を並べる。

相変わらず、見事な出来だ。

カリカリのベーコンにスクランブルエッグ、にんじんとラディッシュとレタスのサラダ。

鬼束家の釜で焼いた、手作りのクロワッサン。デザートには果物まで用意してある。

桜花と鬼束は、向かい合って椅子に座る。

「今日もまるで、おしゃれなカフェで出てきそうな朝ご飯ですね。とってもおいしそうです！」

しかし、店内に肝心の月影本人の姿は見当たらない。

いつもならやわらかい笑みを浮かべ、この朝食とともに月影が淹れたとっておきの紅茶をふるまってくれるのだけれど。

桜花はいただきますと呟き、手を合わせてから問いかけた。

「月影さんはもういらっしゃらないのですか？」

「ああ、俺たちが朝食を食べ終わるまでいたがってたけど、今日は店も休みだから、月影も休みにして帰らせた。あいつ、無理矢理休ませないと永遠に働き続けようとするからな」

その様子を思い浮かべ、桜花は笑みをこぼす。

「ふふ、なんとなく想像がつきます。月影さん、鬼束君と一緒にいるのが楽しいから、なるべくそばにいたいのでしょうね」

「そうかぁー？」

「そういえば月影さんって、普段お休みの日は何をしていらっしゃるのでしょう？」

燕尾服で完璧に仕事をこなす姿しか見てこなかったから、プライベートの月影は謎めいている。鬼束なら詳しいと思ってたずねるが、鬼束も同様に首を捻った。

「俺もよく分からないんだよな、あいつが休みの日にどこで何をしてるか。今度こっそり跡をつけてみてもいいかもしれない」

「それはさすがに悪いですよ。とはいえ、気になりますね」

でも月影のことだから、きっと尾行なんてしても、一瞬で気づかれてしまいそうだ。そう想像すると、またおかしくなって桜花はクスクスと笑ってしまう。

そんなことを話しながら二人とも、あっという間にデザートまで完食した。

食器を片づけつつ、桜花は鬼束に声をかけた。

「鬼束君、紅茶は飲みますか？」

「ああ、淹れるなら飲みたい」

桜花はダイニングにティーポットを持ってきて、カップに紅茶を注いだ。

それを自分で一口飲み、納得がいかない表情で呟く。

「うーん……やっぱり、月影さんが淹れたものの方が数倍おいしいですね。茶葉は同じものを使っているはずなのに、不思議です」

「そうか？　これはこれでいいと思うけどな」

「今度月影さんにコツを聞いてみます」

「ああ、いいんじゃないか？　あいつ喜ぶと思うぞ」

そうしてポットの紅茶が全部なくなった頃、鬼束は桜花に問いかけた。

「今日は何するんだ？」

「今日は講義がない日なので、特に予定はないんです」

「そうか、俺も今日の講義はない」

そして、シャルマン・フレーズも休業日だ。

「鬼束君は、いつものように新作のケーキを研究するのですか？」

季節の変わり目になると、シャルマン・フレーズには新しいメニューが並ぶ。

桜花はいつも、次はどんなケーキが出るのだろうとうきうきする。

「さっき、チョコレートモンブランを作っていると言っていましたよね？」

「そうだな。新作も考えるけど、今日は久しぶりに食材の買い出しに行こうかと思ってるんだ」

「わあ、楽しそうです」

「……暇なら一緒に来るか？」

まさか誘ってもらえると思っていなかった桜花は、驚いて無言になる。

鬼束は気まずそうに目をそらした。

「いや、別に無理にとは言わねーけど」

桜花は勢いよく椅子から立ち上がった。

「いえっ、あの！　よろしければ、ぜひおともさせていただきたいです！」

「そんなに力強く言わんでも。じゃあ、十一時くらいに出るか。準備ができたら呼んでくれ」

「は、はいっ！」

というわけで、珍しく鬼束と二人で出かけることが決まった。

自分の部屋に戻った桜花は、そわそわしながら洋服を選ぶ。

（そういえば、このお店で暮らすようになってから半年近く経ちますが、鬼束君とこういう風に二人で出かけるのは、もしかしたら初めてかもしれません）

たまに講義の時間が重なれば一緒に大学に行ったり、夕飯の買い出しをしたりはしていたが、改めて休日に二人で出かけるという機会はなかった。

なんだか足元がふわふわして、落ち着かない気持ちになってしまう。

桜花は鞄に入っている紙の束を見下ろし、一瞬暗い表情になる。

（レポートもやり直さないといけませんが……。気分転換は大切です。せっかく鬼束君が誘ってくれたのですから）

それからチェストを開いて考える。

別に特別なオシャレをする必要はないと分かっているのに、どの洋服を着るか迷ってしまう。

「どの服がいいでしょう……。動きやすい方がいいのでしょうか？　この服なら、スニーカーに合うので長時間歩いても平気です。でも、カジュアルすぎるような。こっちはどうでしょう？」

結局色んな服を合わせた後、この間京子とショッピングモールに出かけたときに買った、チェック柄のベージュのスカートに丸襟のブラウスを選んだ。

十一時になり、一階に下りると、既に鬼束が待っていた。

「お待たせしました！」

桜花のことを見て、鬼束は少し意外そうに目を瞬かせる。

「な、何かおかしいでしょうか？」

「いや……そういう格好してると、普通に大学生の女子って感じだな」

桜花は首を傾げながら返事をする。

「ありがとうございます？」

褒められているのだろうか。

「いいんじゃねーの。秋らしくて」

そう言われると、自然と口角が上がってしまう。なんだか浮かれているな、という自覚はあった。

シャルマン・フレーズを出た二人は、大通りの方向へ向かって歩き出した。

「食材の買い出しですが、いつもは車で配達してもらっていますよね？」

洋菓子の材料は、契約している業者が週に何回か配達してくれる。

桜花も店にいるとき、よく荷物の受け取りのサインをする。

「ああ、普段は契約してる店から小麦粉やら果物やら仕入れてるんだが、ちょっと変わった材料とか試してみたくてな。休みができたら、でかい専門店に行きたかったんだ」

「なるほど」

やがて二人は製菓材料専門店に到着した。大型店舗の一、二階は、すべて菓子の材料の店らしい。

広い店内にずらりと菓子の材料が並んでいる様は、圧巻だった。

「すごい、お菓子の材料がたくさんあります！　これ、全部ですか？」

「そうそう。広いだろ」

桜花は立ち並んだ商品をきょろきょろと見渡す。

「小麦粉だけでも何十種類もあるんですね！」

「ああ、やっぱり粉を変えると味も違ってくるからな」

鬼束が真剣な表情で白い粉を持っていると、別の粉に見えなくもない。

こいつは上物《じょうもの》だ、高く売りさばいてやるぞ、などと考えているわけではないはずだ。

「鬼束君、ラッピングの材料もたくさんあります！　どれもかわいいです！」

もうすぐハロウィンだからか、店にはハロウィン用のラッピングの材料が数多く並んでいた。

黒猫やジャックオランタン、白いオバケや魔女。パープルとオレンジの賑やかな包装紙は見ているだけでワクワクする。

近くには山積みのキャンディやカラフルなクッキーも並んでいた。

「あー、ハロウィンか。俺はあんまり馴染みがないけど」

「外国だと、お菓子をもらうために家を訪れたりするようですね」

「もうちょっと季節感のある包装は考えてもいいかもな」

「ハロウィンといえば、やはりカボチャですね！」

「カボチャのケーキ、うまいよな」

「はい、カボチャのパウンドケーキは優しい甘さですごくおいしいですよね！」

桜花は隣にあったコーナーに目移りする。

「あっ、鬼束君、あんこも種類がたくさんあるのですね！」

鬼束は微笑ましそうに桜花を見守りながら言う。

「落ち着きのないやつだな、子供か」

「なんだか色々置いてあって、楽しくなってしまいまして」

桜花はチラリと鬼束の横顔を見る。

自分がいつも以上にはしゃいでいる自覚はあるが、それは慣れない場所に来たからだけではない気がする。

「見てください、鳴門金時《なるときんとき》あん、甘栗あん、パンプキンあんというのもあります！」

「芋とか栗とか柿とかって、和菓子にも多いよな。和菓子の要素を取り入れたケーキは作ってみてもいいかもしんないな。好きな和菓子とかあるか？」

そう問いかけられ、桜花は口元に手を当てて真剣に考える。

「そうですね、みたらしだんごは大好きです。それにどら焼きやもなか、わらび餅も好きですし。でもやっぱり一番は、苺大福でしょうか」

「あー、うまいよな、苺大福」

「はいっ！　もっちりとしたおもちと、あんこの優しい甘さと、苺の酸味がたまらないのです」

　その言葉に、鬼束も深く頷いている。

「うんうん、いいよな」

「あれっ、鬼束君も、和菓子が好きなのですね。少し意外です」

「洋菓子の方が好きだってだけで、和菓子は普通に好きだぞ。ていうか、甘いもんなら大抵好きだ。和菓子には和菓子にしかないよさがあるしな」

　そこまで話すと、桜花と鬼束は思わず顔を見合わせる。

「色々お菓子のお話をしていたら、甘いものが食べたくなってきました」

　鬼束も同じ気持ちだったらしく、ニヤリと笑った。

「店に帰ったら、試作品を嫌というほど食べさせてやるよ。今日買った材料を使って、いくつか試しにケーキを作ってみようと思ってたところだ」

「本当ですか⁉　楽しみです！」

「味の保証はできねーぞ」

「でも鬼束君の作ったケーキで、おいしくないものなんて一つもありませんでしたよ！」

　語気を強めてそう言うと、鬼束は照れくさそうに口角を上げる。

「……そうかよ。でもまずは、昼飯だな」

「はいっ、買い物が終わったら、近くでお昼を食べましょう」

それから鬼束は、洋酒のコーナーへ移動する。

桜花も彼の後をついて歩く。

どうやらここが本命らしく、鬼束は真剣に洋酒の瓶を見比べている。

「ケーキに入れるお酒ですか？」

「ああ。モンブランを作るから、それに合う酒を選びにきたんだ。いつも使ってるのじゃなくて、少し変わった味にしたいと思ってさ」

「お酒もたくさん種類があるのですね」

「菓子作りで定番なのはブランデー、ラム、キルシュ、キュラソー、アマレットとかだな。今回作るケーキに合いそうだから、ラム酒から見るか」

製菓用の洋酒のコーナーにも、ずらりと瓶が並んでいる。

瓶のデザインはかわいらしいものが多く、見ているだけでも楽しい。

「やっぱり作るケーキによって、お酒の種類も変わるのですね」

「そうだな。ブランデーはナッツやフルーツとの相性がいい。ブランデーにドライフルーツを漬け込んでパウンドケーキに入れてもうまい」

「フルーツがたくさん入ったパウンドケーキ、おいしいですよね。大好きです！」

「ラムはやっぱりラムレーズンだな。あと、栗やコーヒーとも相性がいいし、チョコレートとも合う」

「ホワイトラムというのもあるんですね？」

「ホワイトラムは、シロップや生クリームの香りづけに合うな」

「こっちがキルシュですか？」

「そうだな。キルシュは発酵《はっこう》させたさくらんぼの果実から作られるブランデーで、さくらんぼはもちろん、苺やブルーベリーなんかのベリー系の菓子とも相性がいい。さくらんぼの色と香りを移した、赤い色のチェリーブランデーっていうのもあるぞ。キュラソーはオレンジの皮を浸して作ったリキュールの総称で、柑橘系の菓子に合う」

　桜花は真剣な表情でその説明を聞いていた。

「なるほど、用途によって本当に色々なお酒があるんですね」

「同じ種類でも、銘柄が変わると味も違うしな」

　結局鬼束は、小さめの瓶を五本くらい選び、購入することにしたようだ。

　買い物カゴを持ち上げた鬼束は、しまった、と足を止める。

「どうしたんですか、鬼束君？」

「俺たちだと、未成年だから酒が買えない」

「あっ、なるほど。製菓用のものでもダメなんですね」

「ああ。仕方ない、休みって言っといて申し訳ないけど、月影を呼ぶか」

鬼束は月影に電話をかける。

幸い、すぐに電話が繋がった。

『はい、月影です。どうされましたか坊ちゃま』

「坊ちゃまはやめろ。今、桜花と製菓材料専門店にいるんだけど、俺たちだけだと酒が買えないってことに気づいたんだ。悪いけど、もし近くにいるなら付き合ってくれないか？」

『もちろんです。少々お待ちください』

月影が来られないなら別の日に購入しようと思ったが、どうやらすぐに来てくれるらしい。

「よかったですね」

「ああ、助かった」

月影が到着するまで店内を見ていようと思ったが、月影は電話をしてからものの五分ほどで店に現れた。

そして、相変わらず燕尾服だった。

桜花は「月影さんは休日もこの服装なのでしょうか？」と、ぼんやり考える。

「お待たせいたしました、坊ちゃま」

「はえーよ！　お前、今までどこにいたんだ？」

鬼束が怪訝な表情で詰め寄るが、月影は笑って受け流す。

「ふふふ、それはお答えできません」

「なんでだよ……。まさか俺たちのことをつけてたんじゃないだろうな」

「嫌ですね、そんな野暮なことをするわけありませんよ」

鬼束は疑わしそうな視線を月影に向けた。

月影に洋酒の購入を手伝ってもらうと、三人で店を出た。

「これから昼飯でも食べようと思ってるんだけど、お前も一緒に行くか？」

鬼束が誘うが、月影はそれを辞退する。

「いえいえ、邪魔者はこれで去ります。どうぞ、お若い二人でデートの続きをお楽しみください」

「デートとか、別にそんなんじゃねーよ！」

月影は軽やかに笑いながら、去っていった。

買い物袋を抱え、桜花と鬼束は通りを歩く。

「ったく、なんなんだあいつは」

「ふふふ、相変わらず月影さんは奥ゆかしい方ですね」

「そうか?」

それから二人は近くのイタリア料理店に入り、パスタを食べた。

まだ昼過ぎだったので、帰りにどこかに立ち寄ろうかとも思ったが、荷物が多いため結局シャルマン・フレーズに帰ることにした。

帰路を辿りながら、鬼束は言った。

「なんか悪かったな、今日は付き合わせて」

「いえいえ、そんな、もともと予定がなかったので。鬼束君と出かけられて、すごく楽しかったです!」

「そうか? それならいいけど」

桜花はにこにこ笑いつつ続ける。

「それに、鬼束君の作るケーキも楽しみです!」

「ああ、店に帰って少し休憩したら作る」

「はい! 私も、お手伝いできることがあれば手伝いますっ!」

そんな話をしながら、大きな通りに差しかかったときだった。

二人はすぐに異変に気づいた。

五、六人の人間が、なぜか道に突っ伏して倒れている。
さらに壁際に座り、酒を呷《あお》る人間が五人くらい。そして歌い踊る人間が、十人ほど。

めいめい好き勝手なことをしているので、混沌《こんとん》としている。

異様な光景を見た二人は、ギョッとして思わず足を止める。

「なんだこれ⁉」

「みなさん、どうしたのでしょうか」

鬼束は抱えていた荷物を道の脇に置き、一番近くに倒れている男性のもとに駆け寄った。

「おい、大丈夫か？　しっかりしろ！」

鬼束は男性の顔を軽く叩く。

すると、倒れていた男性は、だらしない顔でにへらと笑った。

「えへへへ……もう俺は、仕事なんかしないぞー！」

そう言って、手をぶんと振り上げ、ぐうぐうと寝息を立てて寝てしまう。

「寝てしまいました……」

「どうなってんだ？　よく見たらこいつら、なんか赤ら顔だな」

くんくんと匂いを嗅いだ鬼束は、眉を寄せて顔をしかめる。

「それにこいつら、酒くせえ。酔っ払ってるんだ、これ！」

大規模な飲み会でもしていたのか？

しかし、ここは往来のど真ん中だ。

倒れている人々は、老若男女様々であまり共通点はなく、同じ大学や同じ会社という感じでもない。

スーツを着た社会人だったり、周辺の店の制服姿だったり、大学生風だったり。

飲み会や集まり、何かの祝い事というわけでもないようだ。

これが、季節が春で場所が満開の桜の下なら「宴会か」ですむけれど、こんな何もない場所で全員が全員べろべろに酔っ払って正気を失っているのは、いくらなんでもおかしい。

「だけど皆さん、なんだか幸せそうです」

桜花の言う通り、酔っ払った人々はみんなにこにこ笑って幸せそうな顔をしている。

あまりにも幸福そうなので、一瞬このまま放置しておいてもいいかと思ってしまいそうになるくらいに。

鬼束は眉間にしわを寄せてうなった。

「どう考えてもこれ、神様の仕業だろ。ほら、あれ」

鬼束は空を見上げる。

桜花が同じ方向に目を凝らすと、道の中央上空に、ふわふわとした白い雲が浮かんでいた。

そしてその雲の上に、小麦色の肌の男がいた。

頭からは二本の角、真っ赤な髪の毛。

もう十月だというのに、筋肉隆々の身体を全面に見せつける、水着と見間違えるような露出の多い和風の格好。

大きな酒瓶を抱え、顔を洗えそうなくらいの盃《さかずき》を手に持ち、注いだ酒をごくごくと飲み干している。

鬼束はむすっとした顔で叫んだ。

「おい、これ、お前の仕業だろ！」

雲の上の男は鬼束に視線を向け、二人の方まで降りてきた。

「む？　そうだが。お主、我が見えるのか？　もしや、我の正体も分かるか？」

鬼束は数秒考えた後、呟いた。

「……酒呑童子《しゅてんどうじ》か」

桜花はどこかで聞いたその妖怪の話を思い出す。

「酒呑童子というのは、確か大江山《おおえやま》に現れたという妖怪ですか？」

「ああ。乱暴で人を食うみたいな言い伝えだったけど、この感じだとそういう心配はなさそうだな」

鬼束たちが相談していると、酒呑童子は気のいい調子で笑いながら言う。

「わっはっは、いかにも、我は酒呑童子だ。人間を食ったりはせん。ただ、ともに酒を呑む相手が欲しいだけだ。酒は呑んでも呑まれるなー！　わははは」

何が可笑《おか》しいのか、ずっと笑っている。豪快に叫んで、またごくごくと酒を口に運ぶ。

酒呑童子自身も、酔っ払っている様相だ。

やがて周囲を見渡した酒呑童子は、つまらなそうに口を尖らせる。

「なんだなんだ、みんな酔っ払ってしまったのか。つまらんのう。ほら、お前たちも呑め！」

そう言って、二人にぐいぐいと盃を差し出してくる。

「どうやら一緒にお酒を呑んでほしいみたいですね」

「悪意はなさそうだが、とんでもねー酒豪だ。このまま放置しておくと、町の人間みんな酔っ払いにされちまう。どうにかして追い払わねーと」

桜花はこくりと頷いた。

「何か方法を考えましょう！」

酒呑童子はニヤニヤと笑いながら、しつこく盃を押しつけてくる。

「なんだ、よからぬことを考えているな？　とりあえず一杯呑んでからにしろ」

鬼束はそれを振り払い、威嚇するように叫ぶ。

「ふざけんな、誰がそんなもん呑むか！」

「なんだと⁉　我の酒が呑めんというのか⁉」

さっきまでは機嫌がよさそうだったのに、やはり鬼というだけあって、怒った顔をすると恐ろしい。

そんな酒呑童子の前に、桜花が両手を開いて立ち塞がった。

「酒呑童子さん！　僭越《せんえつ》ながら、私がお付き合いしますっ！」

それを聞いた酒呑童子は、ふむと顎に手を当てる。

「かわいげのない金髪小僧よりは、かわいい女子の方がよいか」

鬼束は目を見開いて桜花を見る。

「は？　何言ってるんだよ⁉」

「鬼束君は一旦ここから離れて何か対策を！」

「いやでも、お前を一人で置いていくわけには……大体桜花、酒呑めるのかよ⁉」

桜花はきゅっと拳を握り力説する。

「私、お酒はまだ呑める年齢ではないので……。今まで甘酒しか呑んだことがありませんし。なので、お酒は呑めません。でも、気合いでなんとか頑張りますっ！」

「気合いでどうにかなるのかよ」

規則はきっちり守る性格の桜花だ。普段から信号無視さえしないのに、飲酒など当然したことがあるはずもなく。

それを聞いた酒呑童子は、雲の中から別の瓶を取り出す。どうやら雲の中から無尽蔵に酒が取り出せるらしい。

「ほう、それなら甘酒もあるぞ」

「ご相伴《しょうばん》にあずかりますっ！」

桜花は酒呑童子の前に正座し、おちょこを受け取った。

そして、鬼束に目で「行ってください」と合図を送る。

酒呑童子はしたり顔で甘酒を注ぎながら言った。

「お前、最近神々の間で噂になっている小僧だろう」

「……俺のことを知っているのか」

「ああ、うまいものを作ると小耳に挟んだ。一、二時間ならここで待っていてやろう。酒だけではもの足りなくなってきたから、何か食べるものを持ってこい」

本来なら腕力で黙らせたいところだが、相手は空を飛ぶ力を持っている。他にも何か得体の知れない力を使った攻撃手段があると考えた方がいいだろう。

殴りかかったところで敵《かな》うとも思えない。

何よりもし、酒呑童子の怒りを買えば、桜花が危険な目に遭う可能性がある。ここは大人しく言うことを聞くのが得策だろう。

「くそっ……！　ちょっと待ってろ！　とっておきのものを用意してきてやるよ！」

そう言って鬼束は全力で走り出した。


かつてない速度で店に帰った鬼束は、焦りながらシャルマン・フレーズの厨房で買い物袋をひっくり返した。

それから乱暴に冷蔵庫を開く。しかし、中にはケーキの材料しか入っていなかった。

「とにかく、俺がどうにかしないと！」

気ばかりが焦ってしまう。早く酒呑童子のもとに戻らないといけない。

「そうだ、月影に連絡したらどうにかなるんじゃないか⁉」

そう思いついた鬼束は急いで電話をかけた。しかし、今度はすぐに留守電になってしまった。

「くそっ、肝心なときに繋がらねえ！」

迷った挙げ句、鬼束は決意した。

「モンブランを作るか。既製品のタルト生地の上にのせれば、いちからスポンジを焼くより早くできる。何もないよりはましだ」

それが酒呑童子の望むものかは分からないが、自分にできるのはケーキを作ることだけだ。

まず最初に、朝用意してあった栗を砕いてマロンクリームを作る。

こうしている間にも、桜花が酒呑童子にどんな目に遭わされているか分からない。

そう考えると、栗を潰す手にも自然に力がこもる。「これが数秒後のお前の姿だ」などと考えているわけではないが、つい悪人顔になってしまう。

生クリームとチョコレート、それに購入したばかりのラム酒も混ぜてクリームを作り、絞り袋に入れて麺状に絞る。

さらに、頂点にココアパウダーを振りかけ、栗の渋皮煮を飾る。

「できた！」

そうして完成したのは、チョコレートモンブランだ。

チョコレートの甘い香りとほんのり渋みのある栗は、相性抜群なはずだ。

冷蔵庫でちょうどいい温度に冷ました後、ケーキを箱に入れて、鬼束は酒呑童子のいた通りまで走る。

鬼束が急いで通りに到着すると、桜花はほろほろと涙を流していた。

鬼束は桜花の肩をつかんで揺さぶった。

「おいっ、どうしたんだ⁉　あいつに何かされたのか⁉」

場合によっては、相手が妖怪だろうが神様だろうが関係ない。絶対に報復する。

鬼束がそう怒りをたぎらせながら問いかけると、桜花はひっく、ひっくとしゃくり上げる。

「私……私……迷ってるんです」

「迷っている⁉　何がだ⁉」

「そんな自分が、ふがいなくて……うぅ……」

泣いている桜花は近くにあった電柱にすがりつく。

「おい、どうした⁉」

さらに揺さぶると、桜花の首がかくんと後ろに倒れる。

桜花はぽやんとした表情だし、ほんのり顔が赤い。

「さてはお前、めちゃくちゃ酔っ払ってるな⁉　でも、甘酒しか呑んでないんだろ⁉」

「力及ばずです！」

桜花はそのままくたりと意識を失った。

酒呑童子は呆れた顔で桜花を見下ろす。

「言っておくが、我は何もしておらんぞ。その娘、一口甘酒を呑んだらすぐに酔っ払ってしまった」

鬼束は手で顔をおおって溜め息をつく。

「とんでもなく弱い。しかも泣き上戸《じょうご》だ」

これを無事と言っていいのか分からないが、桜花はしばらく放っておくしかない。

鬼束はケーキの入った箱を酒呑童子に向かって突きだした。

「とにかく、持ってきたぞ！」

「おっ、これが食べものか⁉」

「そうだ、これを食べろっ！」

酒呑童子はわくわくした様子で箱を開いた。

しかし、鬼束が持ってきたケーキを見て、あからさまに顔をしかめ、首を横に振った。

「我が思ってたのと違うっ！」

「ああ⁉」

酒呑童子はぷんすかと怒りながら言う。

「我はな、酒が好きなんじゃ。だから一緒に食べるのはスルメイカ！　たこの唐揚げ！　枝豆がよい！　塩辛いものを出せ！　甘いものなんか、食わんぞ！」

「うるせえ、いいから食えっ！　俺はケーキしか作れないんだよ！」

「食わん！」

「うまいから食べろっ！」

「食わん！」

「無理矢理食べさせてやろうか⁉」

鬼束が酒呑童子につかみかかって口を開こうとするが、酒呑童子は歯を食いしばって首を横に振る。

「絶対にこんなもの食べんぞ！」

「食え！」

鬼束が何度すすめても、意地を張ったように酒呑童子は絶対に食べないと言い切る。

二人が険悪な空気で押し問答をしていると、べろべろに酔った桜花が起き上がり、三つあったモンブランのうちの一つを口に運ぶ。

そして、もぐもぐと咀嚼《そしゃく》し。

「でも酒呑童子さん、このケーキ、ラム酒を使っているのです！　とってもおいしいので、きっと気に入っていただけるのではないかと！　おいしくて、おいしくて……」

桜花は地面につっぷし、また泣きはじめる。

「おいしくて涙がでてきます……！」

鬼束はげんなりした様子で桜花を眺めた。

「もはや収拾がつかないな」

桜花はがばっと起き上がり、酒呑童子に言った。

「でも酒呑童子さんがいらないと言うのでしたら、私が全部食べてしまいます！」

大げさにおいしがる桜花の姿を見た酒呑童子は、少し興味を惹かれたようだ。

「む？　それにも酒が入ってるだと？　そりゃ、試しに食ってみないといかんな」

意図せず、北風と太陽作戦が成功した。

チョコレートモンブランを食べた酒呑童子は、カッと目を見開く。

その表情が怒ったときの自分の顔にそっくりで、鬼束は少し嫌だなと思う。

「こいつは……！」

酒呑童子は箱をわしづかみ、モンブランを全部口に放り込む。

「うまいっ！　うむ、うまい、うまいぞ！」

そう言って、すべて丸呑みするくらいの勢いで完食してしまった。

「うむ、うむ、我は満足だ！　たまには甘いものもいいな！　また作れよ、金髪小僧！」

酒呑童子はわっはっはっと笑い声をあげながら、雲に乗ったまま、遠くへ飛んでいってしまった。

後には往来で酔っ払った人々が取り残される。

「なんだったんだ、まじで。迷惑すぎる」

桜花以外の人々は、その後数分で意識を取り戻して我に返った。

そして、自分は今までここで何をしていたんだろうと不思議がりつつ、立ち去っていった。

どうやら悪酔いはしない酒だったらしい。

そうして最後まで残ったのは、桜花と鬼束だけだった。

鬼束は辛抱《しんぼう》強く、桜花を待った。

「おい、桜花、大丈夫か？」

鬼束が問いかけるが、桜花は電柱にもたれたまま、すうすうと寝息を立てている。

「ったく、仕方ないやつだな」

ここに放置しておくわけにもいかない。

鬼束は桜花を背負い、店まで連れて帰ることにした。

□

やがて桜花は目を覚まし、パチパチと瞬きをする。

自分の部屋の天井が見えた。

「あれ、私、どうやってここまで帰ってきたんでしたっけ？」

確か今日は大学の講義もシャルマン・フレーズも休みで、鬼束と菓子の材料を買いに行った。そして、酒呑童子に遭遇した。

酒呑童子を引き止めるため、自分が酒を呑むと意気込んで、甘酒を口にしたところまでは覚えているものの、それ以降の記憶が全くない。

窓の外を見ると、出かけたときは昼過ぎだったはずなのに、すっかり日が暮れているのがまた不思議だった。

桜花が目覚めた気配を感じたのか、部屋の扉がノックされる。

「はい」

予想通り、鬼束が扉を開く。なんだか疲れているように見えた。

「どうだ、具合は」

「具合？」

身体を起こした桜花は、頭が割れるようにガンガン痛むことに気づく。

「あっ、頭が痛いです……⁉」

「うーん……本当に、甘酒以外呑んでないんだよな？」

桜花は酒呑童子からもらった酒のことを思い出す。

舌が蕩《とろ》けるように甘かった。色も白かったし、あれは確かに甘酒だったと思う。

「はい、そのはずです。場の空気に酔ったのでしょうか？」

鬼束は深い溜め息をついた。

「ありそうだな、お前なら。待ってろ」

鬼束は部屋を出て一階に下りていったかと思うと、すぐに戻ってきた。

「これ、食べられたら食べろ」

そう言って彼が差し出したのは、グレープフルーツの果実がたくさん入ったシャーベットだった。

「これ、鬼束君が作ってくれたんですか？」

「ああ、しばらく寝てたからその間に作った」

桜花は不思議に思いながら、スプーンを口に運ぶ。

グレープフルーツの爽やかな香りと甘酸っぱさが口の中に広がった。

「おいしいです！　甘くて、酸っぱくて、冷たくて」

「この場合二日酔いでいいのか分かんねーけど、ビタミンCは摂っといた方がいいらしいぞ」

それを聞いた桜花は目を細めて微笑んだ。

どうやら鬼束は心配してくれているらしい。

「ありがとうございます」

しばらくシャーベットを食べていると、さっきまでの頭痛が嘘のようにひいていった。

シャーベットを完食した桜花はにこりと笑う。

「だいぶ頭が痛いのが治まりました」

「そうか？　冷たいもん食べたら、逆に頭痛くなりそうな気もするけど。まあ、治ったならよかった」

やはり酔っ払った気分になっただけなのだろうか。

皿を片づけた鬼束は、桜花の部屋の床に腰を下ろして言った。

「それで、さっき迷ってるって言ってたけど、何か悩んでるのか？」

「えっ？　私、そんなこと言っていましたか？」

「酔っ払ってこぼしてたぞ。別に、言いたくないならいいけど」

桜花は少しだけ先ほどの記憶が蘇《よみがえ》ってきた。

酒呑童子にもらった甘酒を呑み、泣いたり叫んだり電柱に抱きついたり、とんでもないことをしてしまったような気がする。

そう考えると、急に恥ずかしくなってきた。

「先ほどは、お見苦しい姿を見せてしまい、大変申し訳なく……」

「ああいい、いい、そういうのは。で、結局悩みはないのか？　別に、何もないならいいんだけどよ」

ぶっきらぼうな言い方だが、やはり鬼束は心配してくれているようだ。

桜花は少し落ち込んだ様子で、鞄から紙の束を出し、鬼束に渡した。

「えっと、悩みの原因の一つは、これです」

鬼束はその紙束を受け取り、しげしげと見つめる。

「これ、この間の講義のレポートか。思いっきり不可って書いてあるけど」

「そうなんです。不可になってしまいました……。初めてです」

桜花はそう言って、のめり込むように頭を下げる。

彼女は傍から見ていても生真面目《きまじめ》だと分かる。

真面目に講義を受けていたのに、不可になって落ち込んでいたのだろう。

「出席はきちんとしてたんだろ？」

「はい。ほとんど全部の講義に出席していました。鬼束君も同じ講義を取っていましたよね？」

「ああ。それなら出席率は問題ないよな。じゃあ内容か？　ちなみに俺はA評価だったぞ」

そう話すと、桜花はあからさまに驚く。

「本当ですか⁉　鬼束君、優秀ですね。ちょっと驚きました」

「お前、俺のことバカだと思ってただろ」

「いえいえ、決してそのようなことは！　そうではなく、お店でお仕事をしながら成績を維持できるなんて、尊敬しかないです！」

「元々、親にここを洋菓子店として使わせてもらう条件として、成績を維持しろって言われてたからな。成績が下がったら、ここを取り上げられる可能性がある。だから意地でも悪い成績は取れないってわけだ」

「なるほど」

鬼束はざっと内容に目を通して言った。

「別にそこまで悪いとも思わないけどな。これ、再提出できるんだろ？」

「はい」

「後で俺のレポート見せてやるよ。使った本も教えるから、適当に引用して書き直せ」

「本当ですか？　ありがとうございます。京子ちゃんはこの講義を取っていないので、困っていました」

「さっさと俺に相談すりゃよかったのに」

「はい」

そう返事をするものの、やはり桜花はどこか気が晴れない様子だ。

「なんだよ、レポートが不可になったから悩んでただけじゃないのか？」

桜花は首を横に振り、少し考えてから話し出す。

「いいえ。あの……それも理由の一つなのですが。鬼束君は大学卒業後、やはりこのお店でパティシエさんをするのですよね？」

「ああ、そのつもりだけど」

「鬼束君はすごいです。私、将来の目標とかやりたいお仕事が、全然分からなくて」

桜花は布団を握りしめ、肩を落とす。

「この間、京子ちゃんと卒業後の進路の話をしたんです。でも私、本当に何をしたらいいのか、思いつかなくて、迷ってしまって。卒業したら就職しようとは思っているのですが、それ以上のことは何も……。京子ちゃんは昔から目指している職業があって、そのために行動して、キラキラしていて。鬼束君も頑張っていますし、みんな、すごいなあと。私はなんだか、自分が情けなくなってしまいました」

そう言って、再びのめり込むように頭を下げる。

鬼束は桜花の隣に座り、桜花の頬を大きな両手で包み込んだ。

「はわっ⁉　えっ、あの、鬼束君⁉」

鬼束の鋭い瞳が、じっと桜花を見つめている。

顔が近い。

鼻先が触れそうな距離に、心臓がバクバク鳴る。

「あ、あのっ……！」

そして鬼束は、両手で桜花の頭を軽く揺さぶった。

「あわわわわわわわ⁉　鬼束君、揺れてます、揺れてます！」

そう訴えると、鬼束はおかしそうにケラケラと笑った。

「元の調子に戻ったか？」

「は、はい。びっくりしました」

力業だが、おそらく元気を出させようとしてくれたのだろう。

「まだ一年だし、そんなに深刻になる必要ないと思うけど。そもそも、やりたいことを見つけるために大学に通ってるんだろ？」

「見つけるために……ですか？」

「ああ。一年でやりたいことがハッキリしてるやつの方が少ないんじゃないか？」

それを聞いた桜花は、少しほっとした表情になる。

「ゆっくりでいいのでしょうか？」

「いいだろ。実際に働いてみないと分からないことも多いだろうし。好きだから仕事にできるとは限らないし、逆に向いてないと思っても、やってみたら意外と自分に合ってたってことだってあるかもしれないだろ？　今からあんまり深刻に考えすぎると辛《つら》くなるぞ。緩く考えとけ、緩く」

「緩く、ですか。そうですね。ずっと悩んでいたことが、なんだか少し、ふわっと軽くなりました」

「本当か？」

「はい。鬼束君は、やっぱりすごいです」

「別に、何もすごくはないがな。これからも何かあったら、相談しろよ。たいしたことはできないけど、話くらいなら聞けるし」

桜花の表情がやっと明るくなり、鬼束もほっとしたように笑う。

「なんだか嬉しいですね。迷ったときに話を聞いてくれる人がいるのは」

「別に俺だけじゃなく、月影もいるし、湯包だっているだろ」

「そうですね。私の周りは素敵な方ばかりです！」

それを聞いた鬼束は、ぼそりと呟いた。

「周りが素敵な人間ばかりだと思うんなら、それはお前の力だと思うぞ」

「え？」

「いや。とにかく、あいつらの方が相談役には適任だろ」

鬼束は考え込むように目を細める。

「俺は自慢じゃないが、あんまり優しくアドバイスとか向いてねーし」

「そんなことありません！　私は今日、鬼束君にお話を聞いてもらえて、すごく嬉しかったです！」

鬼束は照れくさそうに顔を背けて答える。

「そうか、ならいいけど」

鬼束は咳払いし、言葉を続ける。

「でも俺だって、まだまだだ」

「そうですか？　もうほとんど一人前に見えます」

「いや全然、分からないことだらけだ。本当は製菓の専門学校とか行きたかったんだけど、親に許してもらえなくて。これから資格の勉強とかもしないといけないし。あと本場の技術を学びたいなら、海外にも行くべきだと思うから」

「海外ですか。スケールが大きいですね。そういえば、世界的なお菓子作りの大会も開かれているんですよね。この前、テレビで見ました」

桜花は最近テレビ番組で見た内容を思い出す。

数人のパティシエがチームを組み、美しいチョコレート菓子を作っているものだった。どう見てもお菓子でできているとは思えない、まるで彫像のような完成品に思わず見とれてしまった。

以前なら、すぐにチャンネルを変えていたかもしれない。その番組に興味を持ったのも、きっと鬼束と出会ったからだ。

「ああ、あれすごいよな。色んなコンテストやコンクールがあるから、そのうち俺も出てみたいな」

桜花は明るい笑顔になる。

「うわあ、素敵ですね。鬼束君なら、きっと大活躍できます！　私、もしできるなら応援に行きたいです！」

「気が早いな」

鬼束は嬉しそうに続ける。

「そのためには、色々勉強しないとな。冬に留学しようかと思ってるし」

「留学……ですか？」

留学という言葉を聞き、桜花の心臓がドキリと跳ねる。

「うん、俺の師匠、っていうか、数年前、うちの実家で働いてたパティシエのおっちゃんがいてな。その人が今はパリで店を開いてて、興味があるなら来ていいって誘ってくれたんだ。今も実家には別のパティシエールがいるが、せっかく本場で学べる機会があるなら、勉強しに行こうと思って」

「……」

黙り込んだ桜花を不思議に思ったのか、鬼束が顔を覗き込む。

「どうした？」

桜花は咄嗟に取り繕った。

「いっ、いえ、突然でびっくりしてしまって！　師匠さん、すごいですね！」

「そうなんだよ。十二月末くらいからって考えてるから、意外とすぐだな」

「十二月……」

さっきまで熱かった頭が、冷水をかけられたように一瞬で冷たくなった。

鬼束は、そんな桜花に気づかず、尊敬しているパティシエのことを話している。

けれどその話はほとんど桜花の耳に入らずに、すり抜けてしまった。

鬼束の瞳は、幼い少年のように輝いていた。

だからこそ、桜花は無理矢理笑って相槌《あいづち》を打つことしかできなかった。

(十二月になったら、鬼束君が海外に行ってしまう)

それはあまりにも急な話だった。

目の前が、真っ白になりそうだ。

楽しそうに笑う鬼束の横顔を見て、桜花は締めつけられるように胸が痛むのに、それに気づかないふりをした。

第五話　大切な人におくるショートケーキ

その日の朝、桜花は箒《ほうき》を手に取り、シャルマン・フレーズの前の歩道を掃除していた。

秋が深まり、紅葉した落ち葉がこんもりと通り道に積もっている。

暦は十一月になった。

店の前に立ち並ぶ並木が色づく光景は風情があって美しいが、桜花の心は晴れないままだった。

鬼束に留学の話を聞いたときから、ずっと胸のもやもやが消えない。

そのせいでなんだかぎくしゃくしてしまい、鬼束の顔を見てうまく話せない日が続いていた。

そんな桜花の様子を察したのか、鬼束もここ数日は、最低限のこと以外は話しかけないようになっていた。

（空気が重いです）

けないとも思う。

鬼束に気を遣わせてしまっているのを申し訳ないと思うし、もっと自然に接しなくてはい
桜花は今日何度目かも分からない、深い溜め息をつく。

二人で製菓材料専門店に買い物に行ったときは、あんなに楽しかったのに。ほんの少し前のことなのに、今はもう遠い昔のことのように思える。

桜花はぎゅっと箒を握りしめ、ぽつりと呟く。

「どうしてでしょう。鬼束君の留学は、すごくいい話なのに。応援するべきなのに。笑って見送るべきなのに……」

どうして自分はそれができないのだろう。

そう考えていると、桜花の背後で巨大な影が、ぬらりと動く。

「よう桜花」

「えっ⁉」

ちっともその気配に気づかなかった桜花は、驚いて飛び上がった。

「なーんか元気がないな」

「猫神さん！」

そこにいたのは、猫神だった。

相変わらず灰色の大きな身体で、もふもふしている毛並みがやわらかそうだ。二つに分かれた尻尾がうねうねと揺れている。

「お久しぶりです！　お元気でしたか？」

「おう、俺はいつも通りだ。桜花は……」

そこで言葉を止めた猫神は、ふむ、と口をへの字に曲げる。

「何かあったのか？」

「えっ⁉　どうしてですか⁉」

「いや、言いたくないならいいけど、すぐ分かるぞ。さっきから、同じ場所を何度も何度も掃いてるし」

そう言われ、桜花ははっとして地面を見つめた。

確かに何度も同じ場所ばかり上《うわ》の空で掃いていたから、ちっとも落ち葉を集められていない。桜花の周囲に落ち葉が円を描くように散らばっていた。

「私、全然ダメですね」

「浮かない顔してるな」

猫神は店の裏口の石段に腰を下ろし、ぽんぽんと自分の横を叩く。

どうやらこっちに来いと言っているようだ。

桜花は隣に座って苦笑する。

「私、嫌な人間なんです」

それを聞いた猫神は怒ったように言う。

「桜花が嫌な人間なんてことは、絶対にないぞ。それはずっとお前を見てた俺が保証する」

そこまで言って、猫神はピンと全身の毛を逆立てた。

「なんだ、もしかして、誰かにいじめられたのか⁉　俺が倒してやるぞ！」

そう言って、シュッシュッと猫パンチを繰り出す。

「違いますよ。猫神さんは優しいですね」

「じゃあ、何があったんだよ」

桜花は鱗雲が浮かぶ青い空を見上げながら言った。

「鬼束君が、海外に留学するそうです」

「へえ、あの金髪小僧、いなくなんのか」

「はい。パリにあるお師匠さんのお店に行けるらしいのです。鬼束君の夢は、パティシエになることで、そのために海外に行くのは大きなチャンスで、とてもいいことのはずなのに」

桜花は眉を寄せ、泣きそうな顔で続ける。

「……私、それを応援できないんです。だから、嫌な人間なんです」

「なんで応援できないんだ？」

「それは……」

桜花は改めて考える。

留学の話を聞いたときから、ずっと胸が締めつけられるように痛い。それはどうしてだろう。

答えは単純だった。

「きっと私、鬼束君がいなくなるのが、さみしいんです」

そんな桜花を見ていた猫神は、思いきり眉間にシワを寄せる。

「むむむ」

「猫神さん？」

猫神は、認めたくなさそうに声を出した。

「桜花、まさかあの小僧が好きなのか？」

「すっ⁉」

それを聞いた桜花は、石段からパッと立ち上がって叫ぶ。

「そんな、めっそうもないです！」

「どうしてだよ」

「だって、そんな、失礼です！」

「失礼ってこたないだろ」

「でも、鬼束君は将来の目標も決まっていて、そのために毎日努力してケーキを作って。最近ではシャルマン・フレーズは評判のお店として、ネットなどでも取り上げられるようになって、お客さんも順調に増えて！　それだけでなく大学の勉強も頑張って、成績優秀で、本当に素敵な方なのです！」

猫神は腕を組み、にやりと口角を上げる。

「ずいぶんと褒めちぎるじゃないか。やっぱり好きなんじゃないのか？」

「そ、そんな、好きとかじゃ！　私、そういうのよく分かりませんし」

「じゃあ嫌いか？」

桜花はぶんぶんと首を横に振る。

「嫌いなんて、そんな、ありえません！」

「じゃあやっぱり好きなんだろ」

桜花は真っ赤になってもごもごと答える。

「それは……その、もちろん、好きか嫌いかなら、好きに決まっています」

「ふんふん、それで？」

「は、はい。だからその、私は鬼束君の頑張る姿を、ひっそりと見守っていたいと言いますか。ご迷惑でなければ、微力でも鬼束君の力になりたいと思うのですが」

「そう思ってたのに、小僧がいなくなるのが寂しいんだな」

「はい。そうですね。もし鬼束君がいなくなってしまったら、私はとてもさみしいです」

桜花は鬼束がいないシャルマン・フレーズを想像してみる。

朝はいつも、鬼束がケーキを焼く甘い香りで目が覚めた。

月影の用意してくれた朝食を食べ、講義があるときは大学に行って、帰りに時間が合えば鬼束と一緒に夕飯の買い物をして、店に戻る。

夕方に開店すると、鬼束が作ったケーキを大勢のお客さんがキラキラした表情で見つめる。

彼らがおいしそうにケーキを食べる姿は、桜花にとっても嬉しく、誇らしい気持ちになるものだった。

シャルマン・フレーズの光景も、鬼束と月影がいる生活も、桜花にとってはすっかり日常になっていた。

そんな光景も、もう少しで見られなくなるのだろうか。

(鬼束君がいなくなるということは、シャルマン・フレーズも休業してしまうのですよね)

灯りが消えて、誰もいなくなったシャルマン・フレーズを想像するだけで、じわりと涙が出そうになる。

この店が閉まってしまうことが、そして鬼束自身がいなくなることが、桜花はどうしようもなくさみしかった。

「だったら本人に、そう言えばいいじゃねーか。もしかしたら、留学やめようってなるかもしれないぞ」

「そんなの、言えません！」

「なんでだよ」

「鬼束君、ご自分の目標のために、留学するんです。もっともっと、すごいパティシエになるために。鬼束君なら、きっとすぐに素晴らしいパティシエになります。なのに、いなくなってしまうのがさみしいから嫌だと思うなんて、そんなの、自分勝手すぎます……。こんなことを打ち明けたら、鬼束君は優しいから、きっと困らせてしまいます」

猫神はしばらく腕を組んで、思い悩んでいた。

しかし数分後、ぐにぐにと首を捻る。

「俺は猫だから、難しいことは分からん」

それから大きな手で、励ますようにぽむぽむと桜花の肩を叩く。

「まあなんだ、後悔しないようにしろよ」

「はい」

店の扉が開く気配がしたからか、猫神は大きな身体をふわりと跳躍させ、屋根の上に飛んだ。

「じゃあ、またな」

「ありがとうございます。さようなら、猫神さん」

その言葉を聞くか聞かないかのうちに、猫神は屋根から屋根へと飛び移り、そのまま姿を消してしまった。


店の中から出てきたのは、月影だった。

「月影さん」

月影は手に持っていた大きなゴミ袋を広げて微笑んだ。

「落ち葉を入れる袋を持ってきました」

「ありがとうございます」

桜花は店の前の歩道に散らばっていた落ち葉を集めて、袋に入れて口を結ぶ。

「私、裏口に袋を置いてきますね」

「はい、お願いします」

店に戻ると、月影がやわらかく微笑んで言った。

「お疲れ様です、桜花さん。朝は冷えますね。私が紅茶を淹れますので、よかったら飲みませんか？」

「はい、ぜひお願いします！」

桜花が席に座って待っていると、月影がポットを持ってきてくれた。

水色のかわいらしいティーポットとカップのセットだった。

「今日はアップルティーです」

月影は相変わらず優雅な立ち振る舞いだった。

桜花のカップに、紅茶を注いでくれる。

桜花はポットから香る甘い紅茶の匂いに目を細めた。

「いい香りですね。私が淹れたのとは、やっぱり全然違います」

「桜花さんが知りたいのなら、いつでも淹れ方をお教えしますよ」

「わあ、ぜひお願いします」

桜花はカップを手に取り、紅茶を飲む。

それから、ちらりと店内を見渡した。どうやら鬼束の姿はないようだ。

「あの、鬼束君は？」

「今日は坊ちゃまは、一限から大学の日です」

「あっ、そうですよね」

桜花はほっとして、小さく息を吐いた。

月影は聡《さと》いから、鬼束がいなくてほっとしたのを、悟られてしまっただろうか。

（そういえば、月影さんは鬼束君の留学のことをどう思っているのでしょう）

鬼束家の執事なのだから、留学のことは当然知っているはずだ。

どう切り出そうか迷っていると、月影の方から話題を振ってくれた。

「申し訳ありません、実は先ほどの猫神様とのお話ですが、少し聞こえてしまいました」

「あ、そ、そうなんですね！」

知られてしまったのは気恥ずかしいが、どうせ隠してもすぐにバレるだろう。

桜花はカップを撫でながら話す。

「さっきも猫神さんに励ましてもらったばかりなんです」

「桜花さんは坊ちゃんが留学されることを、さみしいと思ってくださるのですね」

その言葉に、正直に頷く。

「はい……すごく、さみしいんです」

そう答えると、月影はほっとしたように微笑む。

「よかった」

「え？」

「坊ちゃんは根は優しいんですが、誤解されやすい顔をしていますから。桜花さんのような優しい女性がそばで見守ってくだされば、坊ちゃんも幸せです」

「いえ、そんな。私にできることなんて、全然ないです」

月影は緩く首を横に振る。

「桜花さんがどんなときも笑顔を見せてくれることで、私も坊ちゃんも救われているんですよ。そのことを、どうか忘れないでください」

「ありがとうございます」

猫神と月影に励まされ、いつまでもいじけていてはいけないと、少し前向きな気持ちになってきた。

(頑張っている鬼束君のために、私ができることはなんでしょう)

そう考えた桜花は、月影に問いかけた。

「あの、月影さん、お願いがあるんですが」

その日の午後、桜花は鬼束の実家にいた。

普段から、たまに鬼束家の屋敷の掃除をしている。

鬼束家は丘の上にある、大きな屋敷だ。

塀が高く、レンガ造りの西洋風の建築物で、外国映画に出てきそうな雰囲気がある。とても都内の一等地にあるとは思えない。

ちなみに、鬼束の両親はともに多忙らしく、桜花が掃除に来ていることも知っているが、互いに顔を合わせたことはなかった。

月影もそうだが、鬼束家には何人もの使用人がいる。執事やメイド、庭師に料理人。

桜花は何度来ても、場違いな気がする。

桜花と月影は、二人でキッチンへ向かった。

鬼束家のキッチンは、高級レストランのように広々としていて、掃除が行き届いている。

今日も数人の料理人が、料理の仕込みをしていた。

大きなパンを焼く釜もあるし、調味料や食材も豊富に揃っている。

桜花が月影に頼んだのは、この屋敷のキッチンを使わせてもらえないかということだった。

月影は快く相談に乗ってくれ、鬼束家の料理長に話を通し、料理人たちが使用していない時間なら、桜花が使ってもいいと許しをもらえた。

桜花はたまにここで料理の手伝いをしたこともあったので、料理長とも顔見知りだった。料理長は、五十代半ばの厳格そうな見た目の男性だ。料理のことに関しては厳しいが、気のいいところもあり、桜花はこれまでも彼に色々料理のコツを教えてもらっている。

「しばらく、キッチンをお借りします。どうぞよろしくお願いします！」

そう挨拶すると、料理長はうんうんと頷いた。

「坊ちゃんのためにケーキを作るんだってな」

「はい、鬼束君には当日まで内緒にしたくて」

桜花は鬼束のために何かできないかと考えた。

手作りのプレゼントをあげたいと思ったら、当然彼の一番好きなものを用意したくなる。

そして思い浮かんだのは、やっぱりケーキだった。

「私が作っても、上手にできないかもしれないし、鬼束君は喜ばないかもしれません。でも、それでも鬼束君に今までの感謝を伝える方法は、私にはこれくらいしか思いつきませんでした」

桜花がそう打ち明けると、料理長は目頭を押さえた。

「いい話じゃないか。俺が坊ちゃんに出会ったときは、まだ本当に小さい男の子だったのになあ」

色々思い出しているらしい。

キッチンならシャルマン・フレーズにももちろんある。

普段鬼束がケーキを作っている場所と、桜花たちが料理をするための場所の二箇所だ。

しかし、そのどちらかで調理していたのでは、すぐに鬼束に見つかってしまう。

桜花は鬼束に知られないように、ケーキを作る特訓をしたかった。

「ここは好きに使っていいぞ。それに、うちのパティシエールも協力してくれるってよ。だから、分からないことはそいつに聞きな」

料理長が紹介してくれたのは、二十代くらいの、やわらかい雰囲気の女性だった。

「初めまして、桜花さん。伊藤《いとう》です。坊ちゃんの店で暮らしてるんだって？　楽しそうねえ。私でよかったら、分からないことはなんでも聞いてね」

桜花は焦りながら彼女に問いかける。

「でも、お仕事でお忙しいのに、よいのでしょうか？」

「いいのよいいのよ、坊ちゃんのためなら喜んで協力するから」

桜花はパッと表情を明るくして、鞄の中からレシピを取りだした。

「ありがとうございます！　あの、早速なのですが、作りたいのはこういうケーキなのですが……」

その日から、桜花の鬼束家での秘密の特訓が始まった。

□

大学から帰ってきた鬼束は、妙に静かな店内を見渡した。

どうやら店内には、月影しかいないようだ。

二階に上がって様子をうかがうが、やはり桜花の姿は見当たらない。

退屈そうにしていたシフォンが、鬼束の姿を見つけてにゃんと鳴く。

「よしよし」

鬼束は猫用のおもちゃを振って、しばらくシフォンと遊んでやった。

最初は楽しげにおもちゃを追いかけていたシフォンだが、突然飽きたらしく、キャットタワーにのぼって丸まってしまった。

「気まぐれなやつ」

鬼束は一階に下り、厨房に入った。

月影は厨房でシルバーを磨いていた。

「あいつ、いないの？」

「はい、桜花さんなら出かけています」

「ふうん……」

今日は店の定休日だ。

別に桜花がいないこと自体は問題ない。

しかし今日だけでなく、昨日もその前日も、桜花はこそこそとどこかに出かけていた。

さすがに挨拶や日常的な会話はするようになったが、なんとなくぎくしゃくした空気が流れ続けている。

どこに出かけているのか、行き先を聞きたかったが、なかなか会話の糸口がつかめず、たずねることもできないままだ。

鬼束はガラスケースの拭き掃除をしながら、少しすねたように呟いた。

「最近あいつ、出かけてること多いな」

すると月影は、にやりと意地悪く笑いながら問いかける。

「桜花さんが何をしているか、気になりますか？」

その声にからかう気配を感じて、鬼束は強く否定する。

「べっつに！」

ガラスを拭く手に力がこもる。

桜花だって、年頃の女子だ。出かける用事の一つや二つくらいあるだろう。

すべての用件をいちいち鬼束にことわってから外出する必要もない。

そう理解しているつもりだが、どうにも気になって仕方ないのは変わらなかった。


翌日の昼すぎ、鬼束は一人で大学に向かった。

同じ時間帯に講義があるときは一緒に行っていた。今日もそのはずなのに、桜花は用事があると言って、朝早くから出かけてしまった。

（もしかして、避けられてるのか？）

そんな調子だったので、構内に桜花がいるのかどうか、少し心配だった。

鬼束は桜花がいるはずの講義室へ向かい、中をチラリと覗く。

講義が始まる前の講義室で椅子に座り、いつも通り笑っている桜花、そして隣に友人の京子の姿を見つけ、少しほっとする。

（何やってんだ、俺は……。こっそり見てるなんて、ストーカーじゃあるまいし）

自分らしくない行いに、無性にイライラする。

その場から立ち去ろうとしたとき、ちょうど桜花が京子に手を振ってから席を立ち、こちらに向かって歩いてきた。何かしらの理由で講義室を出るようだ。

（げ、まずい）

別に挨拶をすればいいだけなのに、どうにも気まずいと思った鬼束は、とっさに柱の陰に隠れてしまう。

幸い、桜花は鬼束がいることに気づかず、廊下を歩いていってしまった。

（ほんとに何をしてるんだ、俺は）

鬼束はそのままずんずんと、講義室の中を大股で進む。

そして友人と話していた京子に声をかける。

「おい！」

「ひっ⁉」

京子も、京子と話していた友人も、突然現れた鬼束に驚いた表情で身をすくめる。

「な、何怒ってるのよ⁉」

「いや、別に怒ってねえけど」

「嘘⁉　その顔で⁉　絶対殴ってやるって顔してるけど⁉」

「理由もなく人を殴るわけないだろ」

どうやら自分の情けない行動に苛立っていたせいか、いつも以上に人相が悪くなっていたようだ。

京子の友人は気まずそうに散っていく。別に逃げなくてもいいのにと考えていると、京子が口を開いた。

「桜花なら、少し用事があるからって図書館に行ったわよ。これから講義だから、すぐ戻ってくると思うけど」

鬼束は低く唸って考えた。

どうせなら、桜花がいない方がちょうどいいかもしれない。

「そうじゃなくて、湯包に話があるんだ」

「あたし？　なんで？」

「いいから顔貸せや」

そう言って詰め寄ると、京子は先ほどと同じように身体をすくめる。

「ひっ！」

理由を説明するのが気恥ずかしかったから表情がかたくなっただけなのだが、また怯えさせてしまったようだ。

「言っとくけど、あたしはお金なんて持ってないわよ！」

「金なんかいるか！」

それを聞いた京子は思い出したように言った。

「そういえば、鬼束ってお坊ちゃまだったっけ」

「その呼び方はやめろ。とにかく、ここじゃちょっとあれだから、いいか？」

そう言って、講義室の外を指さす。

京子は怪訝な表情で、鬼束の後をついていく。

あまり人のいない場所を探し、結局階段の踊り場へやってきた。

「で、なんの用なの？」

京子は腕を組んで壁にもたれかかり、鬼束を見上げる。

「あの……桜花のことだが」

「うん？」

「あいつ、何か言ってなかったか？」

「何かって？」

要領を得ない問いかけに、京子はまったくピンと来ない様子で瞬きをする。

「いや、なんつーか……最近、避けられてるような気がするんだよ」

京子はキッパリと言い切った。

「桜花はそんなことする子じゃないけど」

「いや、それは俺も分かるけど」

□

最初、鬼束に恐ろしい顔で呼び出されたときは何ごとかと思ったが、煮え切らない彼の様子を見て、京子は合点がいった。

桜花から、鬼束が年末に留学すること、それを聞いてから、二人がなんだかぎくしゃくしていること、そして鬼束へのプレゼントとして桜花がケーキ作りの特訓をしていることは、聞いていた。

桜花の行動は鬼束を思ってのことなのだが、理由を知らない当人からすると、避けられているように感じるのかもしれない。

（とはいえ、さすがにそれをあたしから鬼束に言っちゃうのは、野暮ってものよね）

それとなくヒントを与えてあげてもいいけれど、簡単に分かったのでは面白くないといういたずら心が京子の中でうずいた。

「知らなーい。そう思うなら、桜花を怒らせるようなことをしちゃったんじゃないの？」

「やっぱりそうか？」

鬼束が分かりやすく狼狽《うろた》える様子を見て、ついにやにやしてしまう。

（鬼束ってずっと一匹狼で、他人のことなんてどうでもいいんだと思ってたのに、こんな風に焦ったりするんだ）

京子はわざと難しい顔を作って言った。

「あの桜花が怒るとしたら、相当だけど。何か、心当たりとかないの？」

鬼束は真剣な表情で話し出す。

「もしかしたらと思ってるのは、この間、休みの日に、店の食材を二人で買いに行ったんだ。けど、その日から何か様子がおかしいんだ」

「そうなの？」

「ああ。俺が思うに、馴れ馴れしくてうざいと思われたんじゃないかって。本当は、俺と一緒に出かけるのなんて嫌だったけど、あいつうちの店に住んでることもあって、断れなかったんじゃないか？　桜花は情に厚いっていうか、律儀《りちぎ》なところがあるから」

あまりに鬼束が深刻な様子だったので、京子はついに笑いを堪えきれなくなる。

「あはははははっ！」

「おいコラ、何笑ってるんだよ！」

京子はまだ笑いながらも言葉を続けた。

「ごめんごめん、あまりにも見当違いで、ちょっと面白かっただけ」

「やっぱり何か知ってるんじゃねーか！」

「まあね。あたしの口からは、事情は言えない。でも大丈夫。そのうち桜花本人が教えてくれるわよ。別にそんな心配するようなことじゃないし、平気平気」

それを聞いた鬼束は、納得したようなしていないような、複雑な表情をしていた。

鬼束がいなくなることを、桜花が悲しんでいるのを知っているから、本当なら文句の一つでも言ってやりたかった。

とはいえ、鬼束の留学は彼自身の夢を叶えるためのもので、誰かに批難される要素など何一つない。

（桜花、鬼束と出会ってちょっと変わったな）

京子はしんみりと考える。

桜花は元々誰にでも優しい人間だ。

幼い頃から、困っている人がいればすぐに手を差し伸べるし、自分にできることなら全力で助けようとする。たとえそれが、ちっとも自身の利益にならなかったとしても。

無理をしすぎてしまうところは心配だったが、京子はそんな桜花が好きだった。

でも今の桜花は、鬼束にお世話になったからとか、恩義を感じているからとか、それだけの理由で動いているわけではないように見える。

長年の付き合いだ。桜花の親友だから、たいていのことは分かる。

桜花の鬼束への好意は、家族への好きとか、友人の京子への好きとかと、種類が違うもののように思える。もしかしたら、桜花本人ですら、まだ気づいていないかもしれない。

(きっと、桜花にとって鬼束は特別な人なんだ)

そんな桜花を見るのは初めてだった。

京子からすると、親友の成長が嬉しいような、少し切ないような気分だった。

「桜花を悲しませるようなことしたら、許さないからね」

そう釘《くぎ》をさすと、鬼束は怪訝そうに言葉を返す。

「当たり前だろ、そんなの」

「ん、それならいいや。じゃあ桜花が帰ってきてる頃だと思うし、あたしは戻るから」

京子はひらひらと手を振って、講義室へと戻っていった。

□

桜花と鬼束の関係は変わらず一進一退という感じだったが、そんなことを言っている暇もない時期になってきた。

閉店作業を終えた後、鬼束は桜花と月影に向かって、厳しい顔で宣言する。

「クリスマスケーキ商戦だ！」

「はい？」

桜花はとぼけた声で返事をする。

あまりにも鬼束が険しい表情だったので、てっきりどこかで果たし合いでもするのかと思ったが、そうではないらしい。

「そう言われれば、十一月に入って、店番をしているときに、クリスマスケーキの予約について聞かれるようになりました」

早い店だと、十月から予約開始をしているところもあるらしい。

「それについてなんだが、今年は事前に予約されたケーキだけを販売する。それも販売予定数を上回ったら、申し訳ないが、予約自体を断る」

その言葉に、桜花は驚きを隠せなかった。

「えっ、そうなんですか？　クリスマスは一年で一番の稼ぎどきだと耳にしたことがあるのですが」

洋菓子店が一番盛り上がるのが、クリスマスの時期だ。次に二月もバレンタインでチョコレートケーキが売れるが、やはり一番売り上げが伸びるのはクリスマスだ。

そんなかき入れどきに、予約数を絞るという提案は、桜花からすると意外に思えた。

「ああ、その通りだ。ハッキリ言って、クリスマスはケーキが死ぬほど売れる。めちゃくちゃ売れる。鬼のように売れる。飛ぶように売れる」

「ですよね」

「でもうちは、今年のクリスマスは控えめにやる」

「それは、どうしてですか?」

「去年、クリスマスの時期、知り合いの店でバイトしたんだよ。ハッキリ言って、地獄だぞ」

「地獄ですか?」

鬼束は暗い表情で話し出す。

「そこが人気の洋菓子店だったからってのもあるが、当日は一時間待ちの行列ができた。途切れない列、順番を抜かされたと言って怒る客、予約した商品と違うと言って怒る客、そもそもどうしてこんなに待つんだと言って怒る客」

長い行列ができる状況は、モデルの速水によるSNSへの投稿と雪那姫の騒動のときに経験済みだ。容易に想像ができる。

桜花は目を白黒させて店中を駆け回っていたのを思い出す。

「それは、大変ですね」

月影も同意するように言った。

「寒い時期ですし、外で待っているお客様は穏やかではいられないでしょうね」

「それに、準備も大変だった。クリスマス当日だけで五百台以上のホールケーキの予約が入ってたから、何週間も前から徹夜で準備した。腕が上がらなくなるほど、ホイップを絞った」

「五百……。すごい数ですね」

文字通り、山のようなケーキだ。

それから桜花は、疑問に思ったことを口にする。

「あの、そんなにたくさんのケーキを、一度に作れるものなんですか？」

どんなに大きなオーブンであろうと、一度に焼ける数は限られている。

鬼束は首を横に振った。

「いや、作れない。だから、ケーキを冷凍しておく」

「丸ごとですか？　ケーキって冷凍できるんですね」

「ああ。最近は回転寿司とかでも、デザートでケーキがあるだろ？」

「あ、ありますね。おいしいし安いので、行くとついつい食べてしまいます」

「ああいうところで使っているのは、大抵は冷凍だと思う」

「なるほど」

確かにチェーン店ではデザートはメインではないし、その日にいくつ注文が入るかも分からない。毎回作りたてのケーキを用意するのは困難だろう。

「冷凍すると、味は作りたてより当然落ちる。とはいえ、大量生産しないといけない場合は仕方ない部分もあると思う。だから冷凍すること自体を否定はしない。店によっては、それこそ夏頃からクリスマスケーキを冷凍するしな」

「なるほど」

「けど、俺はできれば一番おいしいと思ってもらえる状態のものを提供したい」

桜花はうんうんと頷いた。

「シャルマン・フレーズは幸い、有名人がＳＮＳで広めてくれたことや、雪が降ったときにテレビに取材されたことで、以前よりずっと常連客が多くなった」

「確かにお客様、増えましたよね」

色々騒動もあったけれど、結果的に常連客は増えた。

桜花がこの店で働きはじめた頃は、一日に一人も客が来ない日があった。だが、今は用意したケーキが閉店前に売り切れてしまうことがほとんどだ。

それは、ただ単に話題になったからではなく、この店のケーキのおいしさが口コミで着実に広がっている証《あかし》だろう。

「クリスマスはもっと知名度を上げるチャンスなのかもしれない。けど俺は、今通ってくれているお客様を大事にしたい。だから、無理な営業はしない。考えた結果、事前に予約が入ったケーキのみを販売することにした」

そう言った後、鬼束はやや自信がなさそうに二人に問う。

「んだが、どう思う？」

月影は笑顔で頷く。

「私は坊ちゃまの考えに異論はありません」

「もちろん、私も賛成です！」

鬼束は二人が同意してくれたことにほっとしたようだ。

「とはいえ、現時点でも予約の問い合わせが来てる。おそらくクリスマスまでは、かなり忙しくなると思うが。桜花、予定とか大丈夫か？」

「はいっ、以前は家族でクリスマスを過ごしていましたが、今年はここにいますから！シャルマン・フレーズのお客様に喜んでもらうために、全力を尽くします！」

「そうか。それならいいけど」

その後、月影と鬼束は、予約方法をまとめたポスターを作成しはじめた。

□

桜花は大学とシャルマン・フレーズでの仕事の合間をぬって鬼束家に通い、掃除や料理の手伝いをしつつ、ケーキを作る練習をしていた。

最初は見た目も味も、いまいちな出来だった。

(鬼束君が作ると、あっという間に素晴らしいケーキができるけれど、自分でやってみるとやっぱり難しいですね。雲泥の差です)

だが、何週間か練習を重ねた今は、それなりに上達してきた。

試作品を鬼束家の使用人たちや京子に食べてもらったが、概《おおむ》ねおいしいという評価をもらえるようになってきた。

ケーキ作りに協力してくれたパティシエールの伊藤も、合格と言ってくれた。

「うん、おいしい。これならもう、桜花さん一人でも大丈夫よ!」

その言葉を聞き、桜花は表情を明るくする。

「ありがとうございますっ!」

同時に、間に合ったことにほっとした。

（これなら、なんとか鬼束君に渡すことができそうです）

十一月も、あと少しで終わろうとしていた。

もうすぐクリスマスだし、桜花はせっかくだからクリスマス・イヴにケーキを渡そうと考えている。

（クリスマスまでは、お店も営業していますし、鬼束君も確実に日本にいらっしゃいますから。その後は、留学してしまうのでしょうか）

考えるとついさみしくなりそうだったので、そんな気持ちをかき消すように、桜花はまたケーキ作りに打ち込んだ。


クリスマスの準備をしているうちに、あっという間に時間が過ぎていく。

ある日月影が、彼の身長ほどの大きな荷物を抱えてきた。

「月影さん、それはなんですか？」

「本家の物置にたくさんあったらしく、一つもらってきました」

そう言って彼が取り出したのは、クリスマスツリーだった。

「わあ、素敵です！」

「桜花さん、一緒に飾りつけをしましょう」

「はいっ！」

桜花はわくわくしながらそのツリーに飾りつけをする。

「なんだか懐かしいです。子供のとき、兄と一緒にこうやってツリーを飾りました。家のツリーは、もっともっと小さかったですが」

月影は楽しそうにその話に相槌を打つ。

「私も坊ちゃまが小さい頃、一緒にツリーを飾りつけしたことがありました。懐かしいですね」

店内にツリーを置き、入り口にリースを飾って、ガラスの壁にも雪の結晶や雪だるまのウォールステッカーを貼る。

クリスマスソングを流すと、シャルマン・フレーズもすっかりクリスマスムードが漂う店になった。

クリスマスケーキの予約は、開始から数日で予定数に達し、あとは当日を待つのみになった。

そうして、ついにクリスマス・イヴを迎えた。

桜花は当日の朝、鬼束家で作ってきたケーキを、店の冷蔵庫にそっとしまった。

クリスマス・イヴは、予想通り慌ただしかった。

シャルマン・フレーズには、ケーキを予約していた客が、次々に訪れた。

用意していた商品を渡すだけなので大きな混乱はなかったが、何時間も続けていると、やはりくたびれる。

その中には、京子の姿もあった。

店の扉を開いて、コートを着た京子が入ってくる。

「あ、京子ちゃん。いらっしゃいませ」

京子は相変わらず元気な様子だった。

シャルマン・フレーズのケーキが個数限定と聞き、京子はすぐに予約してくれたのだ。

「やっほー。桜花、頑張って働いてるみたいね。予約してたケーキお願い」

「はい、ただいまお持ちします！」

ケーキを受け取った京子は、嬉しそうに言った。

「わあ、ありがとう。家族で食べるよ」

それから、ひそひそと桜花に耳打ちした。

「ねえ、桜花の作ったケーキは、無事にできた？」

その問いかけに、桜花は少し不安そうに返事をする。

「はい、なんとか完成しました」

それを聞いた京子は、桜花の肩を軽く叩いて励ます。

「絶対喜んでくれるよ。頑張ってね！」

「はいっ！　京子ちゃん、メリークリスマスです！」

京子はにこにこ笑いながら、店を出ていった。

その後も家族連れやカップルなどたくさんの人が、幸せそうな表情でケーキを受け取って帰っていく。

やがて人の出入りが落ち着くと、桜花は店の前を歩く楽しげな人々を眺めつつ、ぽつりと呟いた。

「忙しいけど、クリスマスの空気っていいですよね。キラキラしてて、街中がうきうきしている感じで」

厨房から出てきた鬼束がそれに答える。

「クリスマスが終わると、すぐに正月だからな。なんか年末って、時間が一瞬で過ぎるよな」

「はい、そうですね。本当に、あっという間です」

その言葉に、また少しさみしい気持ちになる。

今日明日の営業が終わると、シャルマン・フレーズは年明けまでしばらく休業する予定だ。

その後の予定は、どうなるのだろう。

色々聞きたいことはあるのに、肝心なことが聞けないままでいる。


やがて閉店時間になった。

鬼束はぐったりした様子で椅子に腰かけた。

「いやほんと、数を絞ってよかったな」

月影は予約リストを見ながら呟いた。

「これで今日予約が入っていたお客様のケーキは、すべて受け渡しが完了しましたね」

「みなさんに喜んでもらえて、よかったです」

「よし、明日もあるし、そろそろ店仕舞いするか」

そう言って鬼束は、店の照明を落とす。

「では私は、レジ締めの作業に入りますね」

月影はレジカウンターに向かった。

「はい、月影さん、お願いします。私、表に〝CLOSE〟の札を出してきますね」

桜花は札を手に、店の表に出る。

店の向かいにある並木道は、金色のイルミネーションがキラキラと光り輝いていた。

きっと数日前からイルミネーションは点灯していたのだろうが、忙しさのあまりちっとも気づかなかった。

桜花は思わずそれに見とれながら呟いた。

「うわあ、綺麗です。あとで鬼束君と月影さんにも教えてあげましょう」

そうしてしばらくイルミネーションを見つめていると、老人が一人、疲れた様子でバス停のベンチに座っているのに気づいた。

しかし、もう最終バスも行ってしまった時間だ。

時間を勘違いしているのか、それとも具合が悪いから座っているのか。

老人のことが心配になった桜花は、彼に声をかける。

「あの、おじいさん、どうかしましたか?」

白いひげをたくわえ、優しげな顔をした老人だった。

老人は顔を上げ、しわがれた声で言った。

「ああ、すまないねえ。ちょっと、連れとはぐれてしまって。ここで休憩していたんだ」

どうやら疲れ切っているようだ。ぐったりとしているように見える。

このまま寒空の下に放ってはおけない。

「あの、よかったら、お店の中に入って休憩しませんか？　私、そこの洋菓子店で働いているので」

「いや、しかしなあ……」

桜花が誰かと話している様子に気がついたのか、店内から鬼束が出てきた。

「どうした？」

桜花は鬼束の方へと振り返って言う。

「鬼束君。このおじいさんを、少しお店の中で休ませてあげてもいいですか？」

鬼束は老人の身体を支え、立ち上がらせる手伝いをする。

「なんだじいさん、具合が悪いのか？　無理するなよ。救急車呼ぶか？」

「いやいや、少し疲れただけだよ」

「お連れ様とはぐれてしまったらしいです」

「だったら寒いから、中に入ってろよ。って言っても、もうすぐ閉店だけど。店を片づけるまでの二十分くらいなら、座っていても平気だからさ。その間に、家族に電話とかして、ここまで迎えにきてもらったらどうだ？」

鬼束の言葉に桜花も同意する。

「そうですね。外は寒いですし、お連れの方と連絡が取れるまで、休んでいってください」

老人は一瞬考えた後、こくりと頷いた。

「じゃあ、その言葉に甘えようかな。ありがとう、君たちはいい子だね」

桜花たちは老人を店内に案内し、イートインスペースの椅子に座らせた。

それから再び閉店作業に戻る。

事情を聞いた月影は、老人にやわらかい声で問いかけた。

「よろしければ、何か飲みませんか？　甘いものはお好きですか？」

「なんだか悪いねえ」

「いえいえ、困ったときはお互い様です」

月影は微笑んで厨房に入り、一瞬でココアを作って持ってくる。

「どうぞ、ココアです。熱いので、お気をつけて」

ココアの上にはホイップクリームが絞られ、ココアパウダーが散らしてある。

老人は嬉しそうにカップを受け取って、ちびちびとココアを飲み出した。

「ありがとう、おいしいよ。このお店の人は、優しい人ばかりだね」

老人の笑顔を見た桜花は、あたたかい気持ちになった。

それからバックヤードに入った桜花は、月影に礼を言う。

「月影さん、ありがとうございます。あの、ココアの代金、私が払いますので」

「いいえ。あの方なら、最初からお代は必要ないので、大丈夫ですよ」

月影は意味ありげに微笑んだ。

最初から必要ないとは、どういう意味だろう。

桜花は不思議に思いながら、パチパチと目を瞬かせた。


やがてココアを飲み終えた老人は、さっきより元気が出た様子で椅子から立ち上がった。

「本当にありがとう。おかげでもう動けるよ」

店を閉める用意も整い、三人は老人を見守っていた。

鬼束は老人に問いかけた。

「迎えの人間には、連絡ついたか？」

「うん、ここで休んでいるうちに、私を見つけてくれたようだよ」

「そうなのか？」

しかし、老人がどこかに連絡している様子はなかった。

「ほら、連れが来たみたいだ」

そう言って、店のガラス越しに空を見上げる。

「え？」

空から、シャンシャンと軽やかな鈴の音が聞こえてくる。

桜花は窓ガラスに近づき、じっと空を見上げた。

「あれって、まさか……」

夜空には、なんとトナカイが引くソリが浮かんでいた。

やがて空を飛んでいたソリは、シャルマン・フレーズの前に舞い降りた。

老人は店の外へと歩いていく。

鬼束も桜花も、慌ててその後を追いかけた。

するとと店の前にいた大きなトナカイが、桜花たちに向かってぺこりとお辞儀をする。

「えっ、あの……」

桜花と鬼束が混乱しているうちに、老人はソリの後ろに乗って、手を振った。

「メリークリスマス！　ありがとう。君たちも、楽しいクリスマスを過ごすんだよ」

呆気に取られている二人を残して、ソリはまたふわりと空へ舞い上がる。

「そうだ、いい子の君たちにもプレゼントをあげよう」

そう言って、老人が鈴を鳴らした瞬間。

空から、キラキラと無数の流れ星が流れはじめた。

桜花と鬼束は歓声を上げる。

「わっ、流れ星です！」

「すげー、何個あるんだ⁉」

美しい星はまるで空を覆い尽くすように、いくつも流れていく。二人は流れ星が輝いている間、夢中で空を眺めていた。

老人はシャンシャンと鈴を鳴らしながら、どこか遠くへと飛んでいってしまった。

桜花はその美しい光景に胸がいっぱいになったまま、呟いた。

「あの方、サンタさんだったんですね」

やがて、ふわふわと白い雪が降り出した。

桜花は瞳を輝かせてそれを見上げた。

「わあ、今度は雪です！　ホワイトクリスマスですね」

いつの間にか近くに立っていた月影が、くすりと笑って言う。

「これも、サンタクロースのプレゼントかもしれませんね。サンタクロースは、北欧神話の空を駆ける神様が元になったという説もあります。あの方も、もしかしたら昔は神様だったのかもしれません」

鬼束も、珍しく穏やかな表情で雪を眺めている。

「一日の最後に、いいプレゼントをもらったな」

その言葉を聞いた桜花は、はっとして鬼束に叫んだ。

「あの、鬼束君!」

「ん？」

「あの、私も鬼束君に渡したいものがあるんです!」

「え？　なんだ？」

桜花は鬼束を店内に呼び寄せ、椅子に座らせた。

「そこで、少し待っていてくれますか？」

「ああ」

桜花と月影は厨房に入り、こそこそと話をする。

「だ、大丈夫でしょうか」

不安になった桜花を、月影が励ました。

「大丈夫ですよ。桜花さん、ずっと頑張っていましたから。自信を持ってください」

「はいっ!」

桜花は冷蔵庫から、作っておいたケーキが入った箱を取り出す。

そして、おずおずと鬼束の目の前の机に置いた。

「これ、鬼束君へのプレゼントです。私が作ったんです」

鬼束は、白い箱と桜花を交互に見比べる。

「俺に？　開けていいか？」

「はい」

鬼束は慎重に白い箱を開いた。

中から出てきたのは、苺のショートケーキだった。

「これ……」

「月影さんに、鬼束君は苺のショートケーキが一番好きだと教えてもらって」

この店に初めて来たときに、桜花は月影の温かい紅茶と、鬼束の甘いケーキに救われた。住む場所を失って困っていた桜花を迎えてくれたのは、月影と鬼束の優しさだった。

そんな二人に、たくさんの感謝の気持ちを伝えたいと思ったのだ。

「鬼束君の作ったケーキに比べたら、ぜんぜんへなちょこですが」

鬼束が黙ったままケーキを見ているので、つい焦って饒舌《じょうぜつ》になってしまう。

「でも、よく考えたら今日は一日中ケーキを販売していましたし、もうケーキを食べる気分じゃないかもしれないですよね。あの、食べたくなかったら無理にとは……」

「いや、食うって」

鬼束は真剣にケーキを観察してから、フォークを口に運ぶ。

そして数秒間、じっくりと味わってから呟いた。

「うん、おいしいよ」

そう言って、優しい笑みを浮かべる。

「スポンジとか、多分何度も失敗しただろ？」

「はい、そうなんです。最初は、硬かったり、焦げたり、割れたりしてなかなかうまくできなくて」

「丁寧に作ったのが分かる。頑張ったんだな」

鬼束の言葉が、全身に染み渡るように広がった。

笑顔を見た瞬間、胸があたたかくなって、ぎゅっと切なくなって、桜花の目から勝手に涙がこぼれ落ちた。

（おいしいって、言ってくれました。頑張ってよかったです。だけど、鬼束君は……）

鬼束はフォークを持っていた手を止め、顔を上げる。

「でも、どうして俺に？　別に誕生日とかでもねーし。クリスマスケーキなら、月影と三人で食べても……」

そして桜花が泣いているのに気づき、ギョッとする。

「おいおい、なんで泣いてるんだよ⁉」

桜花は泣きじゃくりながら、それでもしっかりとした声で言った。

「私、鬼束君に、たくさん助けてもらいました。このお店に住まわせてもらっていることも、もちろんですが……」

一度言葉を切り、まっすぐに鬼束の目を見つめて言う。

「私、鬼束君が好きです」

「は、はあ⁉」

鬼束は顔を赤くし、思わずフォークを取り落とす。

「鬼束君がケーキを作る姿を見ているのが、大好きなんです」

鬼束は、少し拍子抜けしたように息を吐く。

「なんだ、好きってそういう……」

「私、鬼束君がケーキを作るところが、大好きなんです。鬼束君の手は、魔法みたいに素敵なケーキをたくさん作ることができて。だから、尊敬しているんです。見ていられるだけで、幸せで。鬼束君のケーキを食べて、幸せそうな笑顔になる人たちを見ていると、私も幸せになれるんです」

鬼束はその言葉に頷く。

「シャルマン・フレーズで働いていると、ほんの少しでも、そのお手伝いができているみたいで、たくさん幸せをもらいました。だから、そのお礼の気持ちを伝えたくて」

「なんか改まって言われると照れるな。そんなの、こっちだってそうだ」

「え？」

「俺、人間としてできてねーから、小さなことでいらついたり、落ち込んだりするけど」

桜花は意外そうに呟いた。

「鬼束君は、いつも強いから、悩んだりしないと思っていました」

「全然だよ。入学したばっかりのときだって」

桜花は鬼束が大学に入学した直後、先輩を殴って停学になっていたという話を思い出す。

「そういえば、あのときは、どうして」

「構内を歩いてたら、偶然、人気《ひとけ》のない場所で、カツアゲっつうか、いじめみたいなのを目撃してさ。三人がかりで一人を追いつめてたから、腹がたって。追い払うだけのつもりだったけど、相手が三人だったから手加減できなくて、手が顔に当たって相手が気絶して、その結果大騒ぎだ」

「そうだったんですね」

そもそも疑っていたわけではないが、理由が分かってほっとした。

桜花は鬼束が、困っている学生を助けている場面を想像する。

そうすると、自然に笑みがこぼれた。

（うん、鬼束君らしい理由ですね）

不器用だけれど、鬼束はいつだって優しかった。

「でも結局、助けた相手にも怯えられて、逃げられる始末だ。どうせ誰も俺のことを理解なんかしないし、何をやっても意味がない。全員敵だって思ってた方が楽だって、どっか意地になってた」

その言葉に、桜花は辛そうに眉を寄せる。

「けど、桜花はちょっと鈍《どん》くさいけど、諦めないから」

「え？」

「桜花が誰に対しても笑ってるのを見ると、なんか嬉しいんだ。俺が思ってたより、世界ってもしかして優しいのかなって。桜花みたいなやつがいるなら、俺ももうちょっと他人を信じようとか、頑張ってみようかなって。少しだけ、そう思えるようになったよ」

鬼束の言葉を聞いて、再び涙がこぼれ落ちる。

「信じられません。鬼束君に、そんな風に思ってもらえていたなんて、私も嬉しいです」

噛みしめるように、震える声で伝える。

「本当に、ありがとうございます」

「いや、だから、礼が言いたいのはこっちもだって話だよ」

桜花は深く頷いた。

「なんだか、すごいプレゼントをもらってしまいました。その言葉を思い出せば、辛いことがあっても、頑張れそうです。これから、離れても、会えなくなっても。私はずっと、鬼束君を応援しています。だから……」

——だから、笑って送り出さないと。

桜花がぎゅっと目をつぶり、覚悟を決めようとした瞬間。


「え、なんで会えなくなるんだ？」


鬼束の、なんとなく間の抜けた声が店内に響いた。

桜花もぽかんと口を開けたまま問う。

「えっと……鬼束君、留学するんですよね？」

「いや、短期だよ短期！　冬休みに、一週間くらいの予定だ」

頭を殴られたような衝撃が走る。

「えええええ？　一週間ですか⁉　あ、あれ、そうなんですか？　てっきり私、もうしばらく会えなくなるのだと。じゃあ、このお店を辞めるわけではないんですか⁉」

鬼束は焦った様子で言った。

「当たり前だろ！　学生のうちは勉強しとけって親に言われてるし、きちんと大学は卒業する。いずれは海外に行くことも考えるかもしれないけど、まだまだ先の話だ」

タイミングを計っていたように月影が口を挟んだ。

「おやおや、そうだったんですね！　桜花さん、どうやら私たちは勘違いしてしまったようですね」

「いや月影、お前は知ってただろうが！　わざと桜花を騙しただろ！」

月影は高らかに笑いながら逃げようとする。

「いやですねえ、騙したなんて人聞きの悪い。私はお二人のキューピッド役をしてさしあげようと思ったまでです」

「どっちかっていうと天使より悪魔側だろうがお前は！　余計なことすんな！」

桜花は呆然と、騒いでいる二人の様子を見守っていた。

「そうだったんですか。よかったです」

そしてその場にうずくまって、顔を膝に埋める。

「本当に、よかった」

「おい、だから泣くな泣くな！」

安心したからなのか、驚いたからなのか、涙が止まらなくなってしまった。

涙腺が壊れたのかもしれない。

「鬼束君がいなくなったら、さみしいって思って……。素直に応援できない自分が、すごく嫌で」

「なんだお前、そんなに俺がいなくなるのがさみしかったのか？」

「はいっ」

元気のいい返事を聞いて、鬼束は目を細め、桜花の頭を優しく撫でる。

「……ほんと、バカだな」

その声は、深い愛情に満ちているように響いた。

桜花は涙を拭いながら、にっこりと微笑む。

二人が見つめ合っていると、近くでパシャッとシャッター音が聞こえた。

鬼束はすぐそばで写真を撮っていた月影に吠える。

「おいコラそこの腹黒執事、何勝手に写真撮ってるんだよ！」

「お二人のメモリーを記録しておこうと思いまして。引き伸ばしてプリントして、店内に飾りましょう」

「絶対にやめろ！」

月影は鬼束の伸ばした手をひょいとすり抜けると、外へ逃げた。

「坊ちゃま、私は先に屋敷に戻っております。どうぞ、坊ちゃまはごゆっくり！」

「余計な気を回すな！」

そうして、店内に二人きりになり、鬼束は恥ずかしそうに頭をかいた。

「ったく、あいつは本当に仕方ないな」

桜花は両手を口元に当て、クスクスと笑っている。

「月影さんと鬼束君が仲良しなの、私とっても好きです」

鬼束は半ば諦《あきら》めたように言う。

「そうかよ」

「はい」

そう言った後、しばらく沈黙が流れる。

何か話題をと考えた桜花は、さっきイルミネーションが見えたことを思い出した。

「鬼束君。お店の前の通りの並木道、イルミネーションが綺麗なのを知っていますか？」

「え？　いや、気づかなかったな」

「その、よかったら見に行きませんか?」

「ああ、行くか」

そう返事をした後、鬼束は何かを思い出したように桜花に声をかける。

「ちょっと、二階に行ってくるから、一瞬待っててくれるか?」

「はい」

桜花は不思議に思いながら、言われた通りに鬼束を待った。

やがて鬼束は、小さな紙のバッグを持って下りてくる。

「よし。じゃあとりあえず、見に行くか」

「はいっ!」


鬼束と桜花は、店を出て歩き出した。

冬の夜の空気は冷たくて静かで、どこまでも澄んでいるように感じた。

「なんだか夜に散歩すると、ちょっとワクワクして楽しいですよね」

「子供の発想だな」

その言葉に、桜花はクスクスと笑う。

「鬼束君、こっちです!」

桜花はイルミネーションを指さし、はしゃぎながら鬼束を呼んだ。

道路の両サイドを、金色に光る並木道が彩って、どこまでも続いている。

「へえ、こんな風になってたのか。綺麗だな」

「はい。とっても綺麗で、鬼束君と月影さんに教えなければと思ったのです」

鬼束と桜花は、しばらくの間、時間を忘れたように二人で金色のイルミネーションを眺めていた。

白い雪が、ふわりふわりと二人の周囲に舞う。

桜花は素直な気持ちを言葉にした。

「来年も、一緒に見られるといいですね」

鬼束がその言葉に深く頷く。

「ああ、そうだな」

冷たい風が吹き、桜花が小さなくしゃみをした。

その様子を見て思い出したように、鬼束はさっき二階から持ってきた紙のバッグを桜花に差し出した。

「そうだ、これ、その。桜花、クリスマスプレゼントだ」

予想外の言葉に、桜花は飛び上がりそうになる。

「えっ⁉　あの、私、何も用意していません！」

「いや、さっきケーキくれただろ」

「いえ、でも、あの、それは留学すると勘違いしていたからで」

「いいから、受け取っておけ」

桜花はあたふたしながらバッグを受け取る。

「は、はい！　開けていいですか？」

「ああ、ていうか、すぐに使ってくれ」

紙のバッグには、銀色の包装紙に包まれた、細長い箱が入っていた。

桜花は慎重に、丁寧にその包装を開く。

箱の中に入っていたのは、桜色のマフラーだった。

桜花は目を輝かせ、じっとマフラーを見つめる。

「これ、私がもらっていいのですか？」

「……いらなかったら突き返していいぞ」

「いえ、嬉しいです」

桜花はマフラーを大切そうに、ぎゅっと抱きしめた。

「色々世話になったから、そのお礼だ」

「ありがとうございます。私、嬉しいです。本当に、とっても嬉しいです。毎日使います！」

それからすぐにぐるぐると、マフラーを首に巻きつける。

「今すぐに使います！」

桜花が喜ぶ様を見て、鬼束も安心したように微笑む。

桜花は輝くような笑顔で言った。

「鬼束君、これからもよろしくお願いします」

「ああ、よろしくな」

そうして二人は金色の並木道を後にし、シャルマン・フレーズへと戻っていった。

耳をすますとまた遠くのどこかから、鈴の音が聞こえてきた気がした。

エピローグ

クリスマスが終わり、シャルマン・フレーズは、ほんの少しの間休業を挟んだ。
そして寒い冬が終われば、季節は巡り、また春が訪れる。
シャルマン・フレーズの前にある並木道は、今年も美しい桜を満開に咲かせた。
桜花は晴れ渡る空を見上げながら、いつものように開店準備を始める。
今日も店には、鬼束のケーキを楽しみにしている人々が、たくさん訪れるだろう。
もしかしたら、店の屋根の上には猫神がいるかもしれない。
鬼束は熱心に新作のケーキを研究しているし、月影は優雅に紅茶を淹れているだろう。
常連客が手を振りながら歩いてくる姿が見え、桜花は明るい笑顔で挨拶をした。
「いらっしゃいませ！」

シャルマン・フレーズは、元気に営業中。
人間のお客様、そして神様のお客様を、三人の従業員が心よりお待ちしております。

愛憎渦巻く後宮で
武闘派夫婦が手を取り合う!?

自国で虐げられ、敵国である湖紅国《ここうこく》に嫁ぐことになった行き遅れ皇女・劉翠玉《りゅうすいぎょく》。彼女は敵国へと向かう馬車の中で、自らの運命を思いポツリと呟いていた。翠玉の夫となるのは、湖紅国皇帝の弟であり、禁軍将軍でもある男・紅冬隼《こうとうしゅん》。翠玉は、愛されることは望まずとも、夫婦として冬隼と信頼関係を築いていきたいと願っていた。そして迎えた対面の日……自らの役目を全うしようとした翠玉に、冬隼は冷たい一言を放ち——?

チグハグ夫婦が織りなす後宮物語、ここに開幕!

定価:726円(10%税込み)　ISBN 978-4-434-30557-3

Illustration:

あやかし
鬼嫁
婚姻譚
1 2
著・朧月あき
あやかし
和風・シンデレラ
ストーリー！

この作品に対する皆様のご意見・ご感想をお待ちしております。

おハガキ・お手紙は以下の宛先にお送りください。

【宛先】

〒150-6008 東京都渋谷区恵比寿 4-20-3 恵比寿ｶﾞｰﾃﾞﾝﾌﾟﾚｲｽﾀﾜｰ 8F
（株）アルファポリス　書籍感想係

メールフォームでのご意見・ご感想は右のＱＲコードから、
あるいは以下のワードで検索をかけてください。

アルファポリス　書籍の感想　検索

ご感想はこちらから

アルファポリス文庫

鬼束《おにつか》くんと神様《かみさま》のケーキ

御守いちる（みもりいちる）

2022年 8月25日初版発行

編集－加藤純・宮坂剛
編集長－太田鉄平
発行者－梶本雄介
発行所－株式会社アルファポリス
〒150-6008 東京都渋谷区恵比寿4-20-3恵比寿ｶﾞｰﾃﾞﾝﾌﾟﾚｲｽﾀﾜｰ8F
TEL 03-6277-1601（営業） 03-6277-1602（編集）
URL https://www.alphapolis.co.jp/
発売元－株式会社星雲社（共同出版社・流通責任出版社）
〒112-0005 東京都文京区水道1-3-30
TEL 03-3868-3275
装丁イラスト－秦なつは
装丁デザイン－AFTERGLOW
印刷－中央精版印刷株式会社

価格はカバーに表示されてあります。

落丁乱丁の場合はアルファポリスまでご連絡ください。

送料は小社負担でお取り替えします。


ISBN978-4-434-30735-5 C0193